Dirección editorial:
Departamento de Literatura
Infantil y Juvenil

Dirección de arte:
Departamento de Imagen y Diseño GELV

Diseño de la colección:
Manuel Estrada

*El 0,7% de la venta de este libro
se destina al Proyecto «Mejora
de la Calidad y oferta educativa
del ciclo diversificado del Instituto
Tecnológico Quiché de Chichicastenango
(Guatemala)», que gestiona la ONG
Solidaridad, Educación, Desarrollo (SED).*

1ª edición, 8ª impresión, marzo 2013

© Del texto: Pepe Maestro
© De las ilustraciones: Roger Olmos
© De esta edición: Editorial Luis Vives, 2007
  Carretera de Madrid, km. 315,700
  50012 Zaragoza
  Teléfono: 913 344 883
  www.edelvives.es

ISBN: 978-84-263-6442-5
Depósito legal: Z. 604-10

 Talleres Gráficos Edelvives (50012 Zaragoza)
Certificados ISO 9001
Printed in Spain

FICHA PARA BIBLIOTECAS

MAESTRO, Pepe (1964-)
  Una pluma de cuervo blanco / Pepe Maestro ; ilustraciones,
Roger Olmos. – 1ª ed., 8ª reimp. – Zaragoza : Edelvives, 2013
  110 p. : il. ; 20 cm. – (Ala Delta. Serie verde ; 64)
  ISBN 978-84-263-6442-5
  1. Relación abuelo-nietos. 2. Viajes iniciáticos. 3. Fantasía.
4. Naturaleza-Protección. I. Olmos, Roger (1975–), il. II. Título. III.
Serie.
  087.5:821.134.2-31"19"

EDELVIVES

ALA DELTA

Una pluma
de cuervo blanco

Pepe Maestro

Ilustraciones
Roger Olmos

A Julián y Juana,
a Pepe y Petra.

1

LA PARTIDA

Sería de madrugada cuando llamaron a la puerta.

Desde la cama, Juan escuchó primero los pasos de la tía Jerónima bajando las escaleras; más tarde adivinó unos susurros en el zaguán. En el dormitorio de al lado y fiel a su sordera, la tía Macaria gritaba:

—¿Quién es, quién es…?

—¡Es el abuelo! —respondió Jerónima.

—Y ¿qué quiere…?

—Dice que viene a morirse.

—Dile que no son horas y que va a despertar al niño.

—¿Qué sabrás tú de horas? Necesito que Juan me acompañe en este viaje.

Juan oyó la voz clara de su abuelo.

—¿Y por qué Juan? ¿Me quieres decir por qué tiene que ser el niño?

—No seas testaruda, Macaria. No es cosa mía. Ha sido el cuervo. Mira en su ventana y lo verás.

En ese momento, Juan sintió un escalofrío. Acurrucado en la almohada, supo que alguien le observaba, una presencia inadvertida hasta entonces. Al darse la vuelta, vio tras los cristales un cuervo que emprendía el vuelo. El tamaño del ave, unido al batir de las alas asustaron a Juan, que se incorporó gritando:

—¡Está aquí, está aquí! ¡Lo he visto!

Se abrió la puerta y entró su tía Macaria quien, en dirección a la ventana, pronunció:

—Aquí no hay nada, Juan. Seguramente estarías soñando.

—Lo he visto, tía.

El abuelo apareció en el cuarto.

—Hola, Juan. ¿Viste qué dirección tomaba?

El chico negó con la cabeza.

—Es probable que haya sido un sueño —insistía Macaria.

El abuelo se dirigió a la ventana y miró al exterior. La noche estaba despejada y la luz de las estrellas insinuaba las colinas. Abrió la ventana y un viento fresco entró en la habitación.

—Martín, cierra esa ventana. Se va a resfriar...

El abuelo hurgó con los dedos por el viejo pretil de madera y agarró algo.

—Podría ser cualquier pájaro —titubeó Macaria.

—Era el cuervo —sentenció el abuelo.

Antes de salir del dormitorio, se dirigió a su nieto:

—¿La quieres? —preguntó, dejando una pluma de cuervo blanco a los pies de su cama.

Cuando descendía por las escaleras, Juan pudo ver cómo su abuelo y sus dos tías permanecían en silencio, abrazados frente a la chimenea. Se acurrucó en el rellano y contempló la escena. Al resplandor de la hoguera, las sombras se unían en una caprichosa danza que contrastaba con la quietud de las tres figuras. Más allá de toda comprensión, Juan comprobó las sucesivas formas que adoptaba la sombra y creyó ver, entre imágenes desdibujadas, la figura de *Galope,* el caballo de su abuelo; de Alejo, el antiguo cartero, que solía avisar de la entrega de las cartas con el sonido alegre de un violín de abeto y arce, y que Juan veía ahora desfilar por la subida de la chimenea montado en su bicicleta; de *Nube,* la perrilla de aguas que apareció muerta en lo alto de un ciprés sin que nadie acertase aquel último vuelo y que su abuelo despejó cuando le preguntaron: «¿Y qué esperabais de una perra que se llamaba *Nube?*».

Todas las figuras que su imaginación adivinaba en las sombras eran de personas o animales que habían muerto. Junto a ellas distinguía también las de algunas personas que nunca conoció, pero de las que había oído hablar, como Marcelo, y que reconoció por su barba desmedida; *Pablo,* un perro que su abuelo tuvo cuando era pequeño, y que sólo tenía tres patas; las hijas siamesas del herrero quien, en un alarde de imaginación, las había bautizado como Soledad y Consuelo.

No había tristeza en aquellas figuras y todas, a pesar de su manifestación sombría, parecían recibir como un regalo aquel abrazo que las proyectaba.

En ese momento, Juan se sobrecogió. Sobre la pared que prolongaba la chimenea distinguió la silueta que tantas veces había visto en una de las fotografías que su tía Macaria guardaba. Era la silueta de su madre. Boquiabierto, contempló cómo se movían sus labios, queriendo decir algo que Juan no supo adivinar, pero que le confortó como un arrullo, como si fuese una canción olvidada y nuevamente oída y que, sin embargo, Juan recibió como si escuchara por primera vez, y que le mostraba, también por vez primera, el tono y el timbre de la voz de su madre.

—¿Qué haces ahí parado? Pareces un perro hambriento —preguntó la tía Macaria.

Cuando aquel abrazo terminó, las sombras volvieron a mostrar al abuelo y las tías.

El resto de la noche, el abuelo Martín se dedicó a despedirse, uno por uno, de todos los árboles que rodean la casa. Entre tanto, las tías Jerónima y Macaria añadían un bolsillo amplio a la chaqueta de Juan.

—¿Para qué necesito este bolsillo tan grande?

—Nunca se sabe lo que puedes guardar en él —respondió Jerónima—. Tu abuelo cuidará de ti, pero no te olvides de cuidar tú también de él.

Desde la casa, Juan vio a su abuelo deteniéndose en cada árbol, susurrando y riendo, conversando con todos. Al llegar al sauce, el abuelo abrazó el tronco y el árbol pareció corresponder con sus ramas inclinadas.

—Ese árbol, Juan —le contó la tía Jerónima—, es muy especial para tu abuelo.

—¿Y eso por qué?

—Ese árbol lo plantó su padre el día en que nació. Son como hermanos.

Al alba, el abuelo y su nieto emprendieron el camino.

—¿Dónde vamos, abuelo?

—Hacia el mar, Juan. Siempre hacia el mar.

Antes de bajar las colinas, Juan se volvió para mirar la casa. El humo negro de la chimenea parecía despedirle. Él le correspondió con un movimiento de los brazos. Sabía que detrás de los cristales, sus tías aún lloraban.

BOLUK

Durante las primeras jornadas, siguieron el curso del río. Al principio, a Juan le costó seguir las nerviosas y largas zancadas de su abuelo, el ritmo caprichoso que a veces tomaba. Lo mismo le hacía detenerse para observar las huellas y los rastros diminutos sobre la tierra, que escuchar determinados sonidos que provenían de lo lejos; de repente tenía que acelerar su paso sin motivo aparente y perderse hacia un lado u otro de la senda, cuando no debía regresar sobre lo andado y tomarse un buen tiempo en descifrar aquello que no sabían. Ante las objeciones de Juan por aquel caminar un tanto errante, el abuelo le contestó:

—Somos igual que los barcos de vela, Juan. Acomodemos nuestros pasos al viento. La línea recta no siempre es la que más avanza. Que sea el viento el que nos conduzca.

—Pero, abuelo, si aquí no hay viento.

—Nuestro sentimiento, Juan, nuestro sentimiento.

Por fin comprendió que aquella urgencia de la noche en que llegó a su casa era solamente una urgencia por partir, pero no por llegar. Este descubrimiento le tranquilizó y se mostró entonces más receptivo a las escaramuzas de su abuelo, sin importarle tanto hacia dónde se dirigían. Al fin y al cabo, Juan ignoraba casi todas las cosas que su abuelo descubría y realizaba.

Cuando acabaron con las provisiones, el abuelo instruyó a su nieto en la recogida de frutos y bayas silvestres, en la pesca sin anzuelo y en la fabricación de trampas para cangrejos.

Tras cinco jornadas, Martín, emocionado, enseñó a su nieto la huella de un oso.

El asombro de Juan se tornó preocupación cuando el abuelo se empeñó en seguir el rastro de aquel oso que debía de ser enorme, a juzgar por el tamaño de la huella. Se alejaron del río, se introdujeron cada vez más y más en lo profundo del bosque. Juan no quería quedarse solo ni un momento y por la noche tuvo verdaderos problemas para conciliar el sueño, pensando que aquel oso rondaba cerca.

Al despertar se encontró solo. Su abuelo no estaba a su lado. Lo primero que le vino a la cabeza era que se lo había comido el oso. Luego pensó que era una tontería, que los osos no se comen a un abuelo así como así, y que si lo hubiera intentado, él se hubiera dado cuenta, pues había permanecido toda la noche abrazado a él. Sin quererlo, soltó una carcajada por lo desatinado de aquel pensamiento.

Un sonido gutural le sorprendió a su espalda. Allí, erguido sobre sus patas, había un gran oso negro que le miraba fijamente. Sobre su cabeza, como si fueran los restos de un botín suculento, llevaba puesto el gorro de su abuelo. Juan sintió una punzada por todo su cuerpo, que antes de transformarse en grito se ahogó en una especie de arcada ridícula cuando vio salir a su abuelo gateando entre las patas del oso con una sonrisa amplia. El abuelo se levantó rápidamente y abrió sus piernas de un salto, lo cual sirvió para que el oso se agachara e intentara pasar por debajo de las piernas de Martín. A pesar de que las piernas del abuelo eran bastante largas, su abertura no daba para que aquel oso pasase por debajo de ellas, y Juan no sabía si reír o salir huyendo, cuando el oso, en su insistencia, se llevaba a su abuelo por delante y sobre sus hombros.

—Buenos días, Juan. Te presento a *Boluk* —y luego, saltando desde el oso se colocó enfrente del animal y comenzó a hablarle—: *Gruaajj brumm, nerum buamm.*

A lo que el oso respondió con un:

—*Groamm bramann ruagggg.*

El oso se dio la vuelta y se acercó a Juan.

—Móntate, no tengas miedo. Verás qué bien lleva el paso.

La actitud serena y relajada de su abuelo y la mansedumbre del animal contrastaban con los latidos acelerados del corazón de Juan que, finalmente, accedió a la petición. Se dejaron llevar por el oso en el bosque.

—Abuelo, yo no sabía que tú podías hablar con los osos.

—Y no puedo, Juan.

—Pero yo te he visto ahora mismo.

—Bueno, *Boluk* es especial. Es él quien sabe hablar conmigo.

—¿Lo conocías?

—¡Pues claro! ¿Tú crees que si no lo conociera iba a dejarle mi gorro así como así? ¡De eso nada, jovencito!

—Y ¿de qué lo conoces?

—Es el oso de Orácula.

—¿Orácula?

—Una vieja amiga. Sabe muchas cosas. Te encantará. Y tú a ella también, ya lo verás.

—¿Y dónde nos lleva ahora, abuelo?

—A su casa, a casa de Orácula.

Boluk siguió caminando durante media jornada, internándose por veredas que difícilmente se distinguían unas de otras. El silencio del bosque multiplicaba el sonido de la hojarasca al pisarse que, poco a poco, fue cediendo a un terreno cada vez más húmedo y oculto por una neblina. Juan pensó que aquel paisaje se parecía a un sueño.

Llegaron a una charca donde se alzaba una pequeña torre. *Boluk* se detuvo.

—Bajemos aquí, Juan.

Descendieron y se quedaron un rato mirando al oso, que se alejaba lentamente. A Juan le pareció que un pelaje más claro en la espalda del oso dejaba ver la forma de un ojo.

3

LA TORRE

La torre sería un poco más alta que el abuelo, como si fuese la figura de un ajedrez gigante. No tenía ninguna puerta y decidieron escalarla. A Juan le encantaba trepar y pensó que sería fácil hacerlo.

—Será mejor que no mires para abajo.

Juan se rio ante aquella ignorancia de sus dotes escaladoras y queriendo demostrárselo trepó rápidamente, intentando llegar a la cima casi de un salto. Para su sorpresa, seguía a la misma distancia de la cúspide. Avanzó un poco más y lo mismo. Repetidas veces creyó que llegaría a lo alto en un santiamén, pero la torre se le resistía. Por mucho empeño que pusiera, era como si no avanzase. Miró hacia abajo, hacia su abuelo, para buscar una explicación, y comprobó que la distancia hasta el suelo había aumentado notablemente. La torre crecía a la par que la escalaban.

—No pongas esa cara, Juan. Bien mirado es una delicadeza por parte de la torre. Quizá, si mostrase toda su altura desde el principio, podría intimidar a algunos y desistirían de hacerlo. Te encontrarás muchas cosas así en la vida, que si las piensas de golpe es como para echarte a temblar. Poco a poco, paso a paso, todas las cimas se alcanzan.

—Pero, abuelo, así no sabremos nunca cuánto nos queda para llegar a lo alto.

—Tienes razón, pero quizá eso no sea tan importante.

—Me quieres decir entonces ¿qué es lo importante?

—Que te agarres bien y no te sueltes. Lo importante es que estamos escalando esta torre porque hemos querido.

—Pero no fuimos nosotros, fue *Boluk* quien nos trajo...

—No seas insolente. *Boluk* no te ha obligado a hacer nada. Si quieres, podemos descender ahora mismo.

—De eso nada. Quiero ver lo que hay arriba.

—Pues entonces, lo mejor será que vayas paso a paso, sin pensar en el siguiente.

Juan comprobó que su abuelo escalaba igual que andaba. Se detenía y miraba entre las hendiduras de las piedras; iba de izquierda a derecha, descendía, volvía a trepar; oteaba la distancia y ofrecía su mano al viento que circulaba; a veces se pegaba a Juan estorbándole en la escalada y otras, se perdía por la cara opuesta de la torre. En una de las desapariciones del abuelo, Juan miró hacia abajo y sintió vértigo. Nunca creyó que hubieran escalado tanto. Desde lo alto, las brumas se extendían ocultando la superficie, dejando entrever solamente algunas rocas que sobresalían del pantano. Juan tuvo la impresión de que alguien lo estaba mirando desde una de ellas. Sintió un roce frío sobre la punta de los dedos de su mano, que se encontraba en una hendidura entre dos piedras. Lentamente la sacó y descubrió un caracol sobre sus dedos. Permitió que avanzara a lo largo de su brazo y el caracol pareció describir un círculo. Cuando se retiró por las piedras, Juan se dio cuenta de que el rastro que había dejado el caracol en su brazo era el dibujo de un ojo.

—¿Piensas quedarte ahí todo el día? —exclamó Martín desde lo alto de la torre.

—Abuelo, ¡ya has llegado!

—Si no te entretuvieras tanto, ya estarías tú también aquí.

Juan se rio para sus adentros. Al llegar arriba, vieron una escalera que descendía y se perdía en la oscuridad de la torre.

—No pongas esa cara. Todo lo que sube baja.

—Supongo que ahora nos toca bajar.

—Veo que tu cabecita empieza a funcionar —le dijo dándose unos golpecitos sobre la sien.

Comenzaron a descender por la escalera y, al poco tiempo, la oscuridad era casi total. Juan intentaba calcular el ascenso de la torre para saber cuánto les faltaría todavía. Pensó que sería mejor hacerlo por una barra que por una escalera. En ese momento, los escalones desaparecieron y las dos barras de la escalera se unieron en una sola.

—Abuelo, la escalera ya no está.

Desde la lejanía pudo escuchar la voz de su abuelo que se perdía veloz:

—Lánzateeeee.

—Pero, abuelo...

Sin pensarlo, Juan se deslizó por aquella barra en medio de la oscuridad.

—Espero que, al menos, haya una red —dijo en voz alta, aunque sabía que su abuelo no le oiría.

La barra desapareció al instante y Juan se agarró al vacío antes de caer sobre una red en la que rebotó varias veces antes de detenerse.

—Abuelo, abuelo, ¿estás bien?

Nadie contestaba.

—Si al menos hubiera algo de luz...

A lo lejos, se adivinaban unos puntitos luminosos, pequeños como luciérnagas. Juan no entendía nada de lo que estaba pasando, pero sabía que su pensamiento tenía algo que ver.

—Me gustaría estar con mi abuelo —manifestó en voz alta.

—Y a mí con mi nieto —escuchó a su lado.

—¡Abuelo, no te veía!

—¿Estás bien?

—¡Perfectamente! ¿Y tú?

—Creo que también —contestó Juan un poquito contrariado—. ¡Mira, abuelo, aquello parecen luciérnagas!

El suelo era un poco irregular, como si anduvieran sobre bultos informes que se hundían a su paso. El abuelo y su nieto caminaban de la mano, intentando equilibrarse el uno en el otro. La oscuridad era total y tan sólo aquellos puntitos luminosos en la lejanía podían señalar algún destino. Juan se aferraba a la mano huesuda de su abuelo. Le sorprendió la uña tan larga que tenía en lo que debía ser el dedo índice. Le hizo gracia y se lo iba a comentar cuando le pareció distinguir una sombra que se movía más adelante.

—Abuelo, ahí hay alguien...

—No veo nada, Juan.

—Pues yo te digo que he visto algo.

—No te preocupes, sigamos avanzando.

Juan se agarró más fuerte al brazo de su abuelo sin dejar de mirar aquellos puntitos luminosos a los que se aproximaban y que se reproducían a medida que avanzaban. La luz que emitían era, sin embargo, tan tenue que resaltaba aún más la oscuridad en que se encontraban. La sombra volvió a moverse y Juan tiró del brazo de su abuelo.

—¿La has visto? —preguntó.

—Sólo veo tu miedo.

—Te digo que ahí hay alguien —dijo Juan en un susurro.

Aparecieron de pronto más luminarias y Juan distinguió claramente la sombra que se agachaba. Parecía haber cogido un haz de aquellos puntitos luminosos y que de repente se alzaba en el aire. Desde ese punto, Juan oyó la voz de su abuelo que decía:

—Son caracoles, Juan. Caracoles luminosos.

Y Juan pudo distinguir la cara iluminada de su abuelo mientras acercaba su cara a aquel punto de luz. El chico se quedó paralizado. Si su abuelo era aquél que estaba delante a varios metros con un caracol luminoso en la mano, ¿de quién era el brazo con esa uña tan larga al que se agarraba?

—Ven, Juan, no te quedes ahí parado —le dijo su abuelo.

Un escalofrío se apoderó de Juan. Pasaron unos segundos antes de que pudiese mover algún músculo. De hecho, se hubiera quedado allí, paralizado en medio de las sombras, si no hubiese sido porque aquel brazo al que Juan se sujetaba no le hubiese impulsado, en un ademán suave, hacia su abuelo. Cuando la tiniebla se tornaba luz, el brazo se soltó y Juan siguió avanzando en solitario. Multitud de caracoles comenzaron a brillar. La gruta en que se encontraban se fue iluminando lentamente por aquel resplandor. La figura de su abuelo se fue haciendo cada vez más reconocible y Juan contempló aquellos caracoles que ascendían y descendían por todos lados, como si flotasen en el aire. Miró despacio hacia atrás y no pudo ver a nadie, tan sólo aquellas conchas iluminadas que aparecían por doquier.

—Son preciosos —comentó su abuelo mientras le ofrecía uno.

Juan se fijó en sus manos. No tenía ninguna uña larga.

—Sí, y flotan... —fue lo único que acertó a decir Juan.

—No, no flotan. Fíjate bien.

A medida que las pupilas se acostumbraban a la nueva luz, la gruta se fue poblando de hilos y telas que se prolongaban por todos lados. Era como una cueva cuyas estalactitas estuviesen tejidas, cuyas paredes y suelos estuviesen plegados por multitud de gasas y rasos, que lo mismo se amontonaban formando caprichosas figuras que se abrían hacia delante, hacia donde presumiblemente se hallaba el exterior. En medio de aquel silencio, de aquella aparente quietud, motivada sobre todo por la lentitud de sus movimientos, comprobaron que los caracoles mantenían un vivaz trasiego de idas y venidas, de subidas y bajadas, de vueltas y giros. Comprobaron también que la intensidad de luz de los caracoles variaba de unos a otros, y que si bien la mayoría del tiempo permanecían con una fosforescencia blanca, a veces se tornaban azules, verdes, malvas y anaranjados, dejando sobre la superficie de las telas una breve estela lumínica que desaparecía al instante.

—¡Están dibujando! —gritó Juan recordando al caracol de la torre.

Y entonces, como si hubiesen estado esperando que alguien las nombrara, la cámara se fue llenando de multitud de imágenes que se encontraban tejidas en las telas. Para mayor sorpresa de ambos, Juan y Martín eran los protagonistas de muchas de aquellas imágenes. La mayoría representaban acciones inacabadas que se difuminaban en la siguiente, como si el pintor las hubiese dejado en espera, no por desidia, sino hasta encontrar el momento propicio para acabarlas.

Se vieron caminando, construyendo una cerca, bañándose en el río, en una feria de ganado junto a Macaria y Jerónima, celebrando el cumpleaños de Juan con la inauguración del columpio, en el parto de *Jirona,* la cabra, corriendo bajo la lluvia.

En una de las imágenes, el abuelo sostenía a un bebé en brazos. A su lado, una mujer sonreía.

—Mira, Juan, ésta es tu madre.

Tenía el mismo color castaño del pelo de Juan, el mismo hoyito en la barbilla que a Juan le salía al sonreír. Y Juan sintió aquella sonrisa como un calor en el pecho que le embriagaba. Hubiera continuado contemplándola sin descanso de no haber sido por la voz de su abuelo que le reclamaba:

—Eh, Juan, mira qué par de escaladores.

—Pero si es la torre que acabamos de escalar, abuelo. ¿Cómo es posible que esté aquí dibujada? ¡Y mira, ése es *Boluk!*

Multitud de escenas vividas por Juan y por su abuelo desfilaban ante sus ojos asombrados, como si aquellos caracoles hubiesen estado retratando la vida de ambos. Junto a ellas, Juan contempló escenas que no recordaba, en las que se le veía algo cambiado, más alto, más hombre, pensó. Vio personajes que estaba seguro de no haber visto en su vida, algunas figuras bastante extrañas, solitarias o en compañía de Juan, o de su abuelo, o de ambos. Estas últimas escenas fueron las que le dieron la impresión de que se hallaban más inacabadas, como si estuviesen todavía en estado latente, antes de ser matizadas por aquellos pintores fosforescentes.

Los caracoles se apagaron de repente y las escenas desaparecieron de golpe. Desde el final de la gruta, la luz entraba mansa, como queriendo dar tiempo a los ojos a recuperarse de la oscuridad, de la cascada de recuerdos, de las imágenes representadas.

Permanecieron quietos y en silencio, hasta que una brisa húmeda, como un pentagrama que contuviera los sonidos del bosque, les devolvió al exterior.

4

ORÁCULA

Juan se extrañó de no ver la torre, y su abuelo, sin dar muestras de ello, con la naturalidad del que sabe el camino, avanzó decidido hacia la casa que se mostraba en un recodo del río, más allá de los primeros árboles. En la voluminosa roca sobre la que se alzaba, Juan divisó, esculpido y recubierto de musgo, el mismo ojo que vio dibujado en *Boluk* y el caracol. «Ésta debe de ser la casa de Orácula», pensó y, sin saber muy bien por qué, se detuvo.

Su abuelo, mientras tanto, se había puesto a recoger unas plantas silvestres y, a la par que las cogía, separaba las hojas de sus tallos.

Juan se acercó.

—¿No sería mejor que avisásemos de nuestra llegada?

—Ella ya sabe que estamos aquí. Creo que con esto bastará. Mira qué bien huele —respondió mostrándole las hojas de menta recién cortadas.

La casa tenía una escalera excavada en la roca y la puerta estaba abierta. El abuelo entró y salió con una jarra metálica.

—Vamos a coger agua.

Antes de bajar la vieron agachada en la orilla del río, vuelta hacia las aguas que corrían silenciosas. Llevaba una túnica verde que no disimulaba su cuerpo frágil y delgado. Sus cabellos eran blancos y largos.

Alrededor de ella, moldeadas en el barro húmedo de la ribera, Juan reconoció las huellas del oso.

Llegaron donde estaba ella, que permanecía absorta en la orilla. Martín se asomó por encima y sonrió. Hizo un ademán a Juan para que hiciera lo mismo. Cuando Juan miró las aguas del río por encima de Oráculo, pudo ver la imagen reflejada de una anciana, sonriente y con los ojos cerrados, que en medio de ambos los abrazaba. Juan se sobresaltó, pues no notaba ningún brazo sobre sus hombros. Al volver a mirar por encima de ella, la vio posar sus manos en la cabeza de su abuelo y besarle la frente. A continuación, hizo lo mismo con él y, esta vez, Juan sí sintió un soplo caliente en su frente.

uiso corresponderle con un beso, pero le daba vergüenza. Sin embargo, no la tuvo la imagen reflejada en las aguas y besó las mejillas de Orácula.

Juan se maravilló al comprobar que las imágenes no correspondían con aquellas tres personas que contemplaban la corriente del río. Y recordó la escena de la chimenea vivida en su casa. Observó en las aguas la charla de su abuelo con Orácula, paseando con ella a través del bosque, sin él. No podía oírlos, a pesar de que ninguno mostraba reserva. Reían mucho. Cuando parecía que se perdían por el bosque, su abuelo se incorporó a su derecha y dijo:

—Creo que iré preparando esta menta. Quédate tú si quieres. Veo que hacéis buenas migas.

Martín se dirigió a la casa y Juan se quedó mirando la imagen de Orácula en el río. Su rostro amable parecía esperar pacientemente a que Juan hablase. Éste se mostraba algo nervioso porque no sabía qué debía hacer ni decir. La anciana le tranquilizó desde el río:

—No tienes que hacer nada que no sientas. Déjate llevar por aquello que sientes. El silencio, aquí, es muy bien recibido.

Juan, agradecido, continuó callado mirando el rostro de Orácula, maravillado por los surcos de mil arrugas que a Juan le recordaron caminos. Absorto

en esas arrugas, comprobó que, efectivamente, ⌣
uno se aproximaba más y más a aquella imagen,
como si aumentara su visión mediante una lupa,
aquellos surcos se convertían en senderos, que se
perdían infinitamente. En cada sendero, Juan pudo
apreciar la silueta de su abuelo y la suya, caminando juntos. Quiso decir algo, pero las palabras no
salían de su boca. Su imagen en el río sonreía sin
resistencia hasta que por fin dijo:

—Todo esto me resulta extraño y maravilloso a
la vez —sorprendiéndose de que su propia imagen
hablara en la superficie del agua mientras él permanecía callado en la orilla.

—Eso es normal.

La voz de Orácula apagó su rostro y Juan se con-
centraba únicamente en sus palabras.

—Todas las cosas nos resultan extrañas antes de
ser familiares. A medida que te acostumbras, lo que
nos parecía extraño deja de serlo. Incluso lo más
extraordinario puede volverse familiar. Por eso es
tan necesario mantenerse alerta.

—No entiendo muy bien lo que dices.

—A veces dejas de apreciar las cosas porque te parecen normales. De todos modos, no tengas prisa por
comprenderlo todo de una vez. Mira, ¿ves esos peces?

Aparecieron tres peces dorados que nadaban
temblorosos.

—Sí, son preciosos.

—¿Crees que son iguales?

Juan se concentró. Eran tres peces dorados.

—Creo que sí.

—Fíjate bien. Sólo uno es real.

Uno parecía querer nadar corriente arriba, y otro, corriente abajo. El tercero nadaba en círculos y permanecía delante de ellos.

—Éste, tal vez.

De inmediato, los otros dos peces desaparecieron y sólo quedó el que nadaba haciendo círculos.

—Acertaste. Los otros dos eran solamente su reflejo. Uno pertenecía al pasado y otro, al porvenir. Pero el único que existe realmente es éste. A veces coinciden y a veces no. Pero recuerda que hay diferentes dimensiones, que el gusano desconoce que se convertirá en mariposa, que… Me parece que te estoy apabullando.

—Me gusta escucharte.

—¿Te preocupó alguna de las imágenes que viste en la torre?

—Bueno, me llamó mucho la atención una en la que yo estaba solo frente al mar. Me extrañó mucho no ver allí a mi abuelo.

—Tampoco hay que buscar siempre un porqué. Algunas cosas son como deben ser, sin más. De todas maneras, que no lo vieras no quiere decir que o estuviera allí. Contigo. Este viaje es muy impor-tante para tu abuelo.

—Cuando llegó a casa dijo que venía a morirse.

—¿Eso dijo?

—Sí

—Bueno, tarde o temprano, tendrá que suceder.

—Pero yo no quiero que se muera.

—Nadie lo quiere. Nadie quiere morir.

—¿Y qué puedo hacer?

—¿Hacer? No puedes hacer nada. Lo único posi-ble es confiar. Confiar en la vida, es lo único que tenemos.

UPUPA EPOPS

Aquella noche decidieron dormir al raso. Juan pensaba en Orácula, en sus palabras, en el viaje que estaba realizando con su abuelo, en las imágenes que había visto ese día.

Cuando despertaron, no había rastro de la casa de Orácula. En su lugar se alzaba un majestuoso rosal silvestre de flores blancas. Los pétalos, esparcidos por el viento suave de la mañana, se perdían en el bosque, alfombrando el camino a modo de invitación.

—Abuelo, ¿qué ha pasado con la casa?

—¿De qué casa me hablas? Presiento que has tenido una noche agitada. Será mejor que despiertes. El día nos está esperando.

—¡Venga ya, abuelo! Dime, ¿dónde está la casa?

—Debe de ser alguna hierba que se mezclara con la menta la que te ha debido de provocar esos sueños...

—Tú sabes que no ha sido un sueño. La casa estaba ahí mismo, sobre la roca con el ojo esculpido, y Orácula estaba en el río...

Juan no podía creerlo. El río había desaparecido.

—Andemos un poco, a ver si se despejan las telarañas...

Juan comenzó a caminar perplejo. La ausencia de Orácula y el paisaje cambiante después del sueño le confundían y le impedían pensar con tranquilidad. Una mezcla de sensaciones se sucedían sin que ninguna predominara sobre las demás. Sentía cierto temor por la mudanza del espacio; por otra parte, estaba el recuerdo de lo vivido, la profunda impresión por las palabras de Orácula, la galería de imágenes contempladas; cierta rabia también hacia su abuelo por su negativa a hablar de lo sucedido y su insistencia en que todo había sido un sueño. Sabía que su abuelo también lo sabía, pero no podía entender por qué negaba la existencia de Orácula. Aquella conducta le molestaba. ¿Por qué no compartir algo que resultaba maravilloso? ¿Qué ganaban ignorando todo lo vivido la jornada anterior? Miraba a su abuelo, que sonreía ajeno a sus inquietudes, y que se afanaba en contestar a un pájaro que cantaba al final del camino. Emitía unos sonidos extraños del tipo «Pu-pu-put», ahuecaba sus brazos y daba pequeños saltos con sus largas piernas juntas, intentando reproducir no sólo el canto, sino también los supuestos movimientos del ave escondida. Lo veía ridículo y, como su abuelo seguía ignorándolo, dijo:

—¡Es patético!

Entonces Juan tropezó con un altibajo del terreno y se cayó de bruces, dándose un tremendo golpe en la nariz, que comenzó a sangrar. Al llevarse las manos a la nariz para aliviar el dolor, la sangre se mezcló con el polvo de sus manos y Juan maldijo el comienzo de esa mañana. El comentario de su abuelo, para colmo, no mejoró las cosas.

—Chiquillo, te dejo un momento solo con tus pensamientos y te estrellas. Será mejor que despiertes rápido, antes de que vuelvas a accidentarte.

Juan sintió rabia y deseos de estar solo.

—Esa nariz tiene una pinta feísima. Será mejor que pidamos ayuda.

Para sorpresa de Juan, su abuelo comenzó a gritar en medio del bosque:

—¿Es que nadie piensa socorrer una nariz dolorida? Abubilla, ¿hasta cuando abusarás de nuestra paciencia?

Desde el final del camino, igual que si hubiese estado esperando la llamada, apareció una abubilla. Se acercó con ráfagas ondulantes, culminando su vuelo hasta quedar posada en el puño de Martín, que la recibió con el brazo estirado, como si fuese un ave de cetrería.

—Bienvenida, *Upupa Epops*, bienvenida —dijo el abuelo, en el mismo instante que a Juan se le olvidaba el dolor de la nariz—. Éste es mi dolorido nieto, y estaría bien que le abanicaras un rato, mientras busco unas hierbas que le alivien. ¡Ven, Juan! Pon la cabeza en este tronco y túmbate al lado. ¡Es perfecto! ¡Qué suerte has tenido!

Juan obedeció a las indicaciones de su abuelo y se tumbó perplejo ante la mirada de la abubilla, que lo exploraba incesantemente. Martín posó la abubilla en el tronco y se fue. La abubilla, en ese instante, se acercó aún más y comenzó a mover su cuello con un movimiento rapidísimo, que lo asustó en un principio, pero que luego le hizo reír y relajarse al comprobar que, efectivamente, lo que el pájaro pretendía era abanicarle. Y bien que lo conseguía. Tal era la velocidad que imprimía a su cresta dorada. Después abrió sus alas rayadas y comenzó a batirlas. El abaniqueo era ahora más intenso y Juan sintió que la abubilla le estaba cuidando. Se quedó todo el tiempo hipnotizado por aquellas alas y aquella cresta que le abanicaban.

—Definitivamente, estás de suerte —se oyó a r
lejos la voz de su abuelo que gritaba sosteniendo un
puñado de hierbas como si fuese un trofeo—.
¡Hierba de San Juan!, de tu tocayo. ¡Bendita hierba de
San Juan! ¡Bendito hipérico! Lo suyo sería calentar-
las en agua, pero creo que para tu nariz valdrán así.

Luego desmenuzó las hierbas, seleccionando
cuidadosamente las hojas, que colocó sobre la nariz
de Juan.

—Déjatelas un rato y verás cómo mejora... Veo
que te gusta la enfermera.

—Abuelo, es magnífica. Ha estado todo el tiempo abanicándome como tú le dijiste.

—¿Qué esperabas, Juan? ¿Qué te sacara a bailar?
¡Puuu-puuu!

—*Pu-pu-pu-puut* —contestó la abubilla.

—Ja, ja, ja... Ya me siento mucho mejor. Me due-
le un poco, pero mucho mejor.

—¡Vaya, me alegro! Espero que a partir de ahora
mires por dónde andas. Si miras hacia atrás, te cho-
cas con lo que hay delante.

—Creo que eso que dices se refiere a varias
cosas, ¿verdad, abuelo?

—Verdad, Juan —dijo condescendiente mientras
acariciaba la cabeza de su nieto—. Hay cosas que
puedes cambiar y cosas que no. Debes aprender a
distinguir cuáles son cada una. Las que no puedes

...mbiar solamente puedes aceptarlas. Si te digo la verdad, no tengo ni idea de dónde se ha metido Orácula. Sólo sé que cada vez que aparece me encanta. Te diré más: he aprendido a no lamentarme cuando las cosas no se ajustan a lo que deseo en cada momento. No sé si me entiendes, pero tampoco sé explicarme de otra manera. Ahora, será mejor que echemos a andar. La brisa sopla de nuestra parte. Despídete de nuestra amiga la enfermera. Tiene muchos casos que atender.

—¿Y cómo me despido?

—Pues, ¿cómo va a ser? ¡Puuu-puuu!

—No sé si me saldrá... ¡Pu-puu!

—*Pu-pu-pu-puut* —volvió a contestar la abubilla.

—No sé cómo te contesta, con lo mal que lo haces.

—¡Abuelooo! —dijo Juan empujándole mientras se reían, a la par que la abubilla revoloteaba sobre ellos y se perdía más allá de las copas.

Las bromas del abuelo por el camino hicieron que Juan no volviera a lamentar la desaparición de Orácula y, en cierto modo, lo que le tranquilizó fue que su abuelo tampoco lo supiera.

—Abuelo, ¿me perdonas?

—¿Perdonarte yo? ¿Por qué, Juan?

—Por pensar que eres ridículo.

—¿Ridículo? ¿Ridículo yo? De eso nada, jovencito. Antes, la muerte. Me las pagarás, cobarde, mentecato, malandrín, te desafío al calcetín. Espero que estés entrenado porque si no vas a recibir una buena tunda.

Y diciendo esto, se despojó de sus calcetines, los anudó y depositó en ellos una bellota. De inmediato comenzó a girarlos como si fuesen una honda que, al parar en seco, despidieron certeros la bellota, golpeando el hombro de Juan. Sin salir de su asombro, veía cómo su abuelo volvía a cargar munición.

—Si no quieres defenderte, estás en tu derecho, pero entonces, más te vale correr, porque esta vez voy a por tu frente.

—Pero, abuelo, ¿qué estás haciendo?

Y Juan salió corriendo perseguido por su abuelo que, calcetines en mano, disparaba una y otra vez.

—¡No huyas, gallina clueca! ¿A qué esperas para defenderte?

Recibiendo algún que otro bellotazo, Juan se apresuró, mientras corría, a quitarse también los calcetines. Desesperado porque su abuelo hacía gala de una puntería extrema y no fallaba ningún disparo, Juan se revolvía entre la huida, el anudamiento de sus calcetines y la búsqueda infructuosa de bellotas. Cuando por fin logró cargar su arma, gritó:

—¡Ahora verás, vejestorio! —lanzando su bellota y, con ella, el par de calcetines que tanto trabajo le costara anudar.

Su abuelo, sin parar de reír, le decía:

—No me digas nada, no me digas nada. Sé cómo te sientes. Sé cómo te sientes... —y haciendo un esfuerzo para que su propia risa no tapara sus palabras exclamó—: ¡Bienvenido al club de los ridículos!

Y Juan también se reía mientras buscaba entre unas zarzas sus calcetines recién disparados. Cuando por fin ambos se ajustaban nuevamente sus calcetines, Juan le dijo:

—Cuando volvamos a casa, me tienes que enseñar el manejo.

Y observó cómo aquella frase, sin pretenderlo, arrebataba la fresca risa de su abuelo que, silencioso y asintiendo con la cabeza, había colocado en su rostro una máscara frágil y en apariencia alegre, pero cuyos ojos lejanos delataban una tristeza que Juan recibió al instante. En aquel momento, supo que su abuelo nunca más regresaría a casa, que aquel viaje era, en cierto modo, una despedida, y que solamente la incertidumbre de un destino que su abuelo ocultaba, prolongaba su compañía. Juan no sabía qué decir y de lo único que estaba seguro era de que le estaban entrando ganas de llorar. Iba a levantarse para que su abuelo no se diese cuenta cuando el brazo de éste se posó sobre sus hombros. Aquel abrazo repentino pareció catapultar la tristeza de Juan que, de inmediato, comenzó a volcar sus lágrimas y a apretarse fuertemente contra su abuel. Juan vio a su abuelo llorar por primera vez, los ojos azules como manantiales, la nobleza de aquellas lágrimas que buscaban su caída entre surcos de piel, la sinceridad de su abuelo que Juan, cada vez más impresionado, le agradecería siempre.

—Bueno, ya está bien, jovencito, ¡parecemos plañideras silvestres a punto de diluvio!

Y haciendo un estiramiento con todo su cuerpo, exclamó:

—Nada como un llantito para aligerar la carga. Venga, quítate esa cara de chorlito, mocoso, que nos queda camino.

Anduvieron en silencio, cada uno en sus propios pensamientos, respetando aquella soledad que los unía. Aunque de vez en cuando se miraran de reojo, había algo que los unía más allá de su mirada cómplice, algo que ambos sentían, aunque no lo expresaran con palabras, una sensación extraña y cercana al mismo tiempo, difícil de explicar, algo que les dolía y, a la par, les consolaba.

Silva

A media jornada, cuando los pasos comenzaban a aflojar, el abuelo mostró una emoción abrumadora por el encuentro de una mariposa.

—¡Es magnífico, Juan, es magnífico! —decía mientras giraba sobre sí mismo y le agarraba de los brazos como si quisiese bailar una polca.

Juan no dejaba de asombrarse, por frecuentes que fueron aquellas manifestaciones repentinas. Pensaba que era el carácter de su abuelo, su manera de expresar la alegría que le producía aquel encuentro, su natural tendencia hacia la fiesta improvisada... Y pronto se veía arrastrado, llevado en volandas por aquel entusiasmo, celebrando aquella

mariposa como si fuese un acontecimiento inolv
dable, digno de los mejores cantores.

—Pero ¿no te das cuenta de lo que sucede, Juan?
Hace apenas unos días, esta maravilla volante era un
gusano que se arrastraba por el polvo, que padecía
sus horas arrastrándose sin más luz que un mísero
terrón de tierra, si es que no lo hacía en el fango... y
¿quién le iba a decir a él el futuro que le aguardaba?
Ni en sueños imaginaría un destino así. ¡Vuela, vuela, vuela conmigo, brillante mariposa! ¡Vuela, vuela!
¡Vuela tú también, Juan!

Y ambos abrieron los brazos y agitaron sus
manos como si fuesen alas que se alzaban con la
risa. Siguieron a la mariposa, que intentaba escapar
afanosamente de aquel asalto, de aquel par de dan-
zarines bulliciosos que se empeñaban en rodearla,
ignorando que ella era el motivo de la fiesta.

En ese momento, una ráfaga de viento desnudó
algunas ramas, provocando una lluvia de hojas que
Juan y el abuelo recibieron entusiasmados. Juan
cerró los ojos y lanzó al aire un puñado de aquellas
hojas caídas. Al abrirlos vio cómo su abuelo corría y
corría hacia delante, se detenía en seco y prestaba
su oído al aire en un ademán certero.

Fue justo entonces cuando oyó aquel sonido
lejano y potente, una especie de llamada en mitad
del bosque.

—¡Son las voces de Silva! ¡Vamos, Juan, corre! ¡No te quedes ahí parado! ¡Silva nos necesita! Tenemos que llegar al valle.

—¿Quién es Silva, abuelo? ¿De qué valle me hablas?

—No pienso responderte mientras te quedes ahí parado. ¡Venga, ven!

Juan partió hacia su abuelo que, impaciente y sin esperarlo, caminaba deprisa perdiéndose entre las sendas. Cuando lo alcanzó, Juan se mostraba nervioso y jadeante.

—¿Qué pasa? ¿Por qué tenemos tanta prisa?

—No podemos llegar los últimos, quiero ver la llegada desde lo alto. Y hazme el favor de no ir preguntando, ya te irás enterando de todo mientras sucede.

Juan sonsacó a su abuelo que Silva era un bosque milenario que crecía en el valle al que se dirigían. Cada cierto tiempo, se producía aquella llamada que reunía a muchas personas de los valles cercanos. Se autodenominaban los semilleros, pues ésa era su función en aquella convocatoria, ayudar al bosque a seguir creciendo. La llamada se producía más o menos cada diez años, aunque eso era difícil de precisar, pues se habían dado casos de llamadas en años sucesivos, y otras que se esperaron durante más de treinta. Sea como fuere, era el viento del este el que convocaba, el viento de los nacimiento aquél que soplando con fuerza inusitada era el úni co capaz de producir aquel sonido. A medida que se acercaban se podía oír, cada vez más sonoro, aquel soplo que a veces parecía único y otras, multiplicado por un sinfín de ejecutantes. Fueron ascendiendo por las últimas laderas y al llegar a lo alto se detuvieron fatigados. Debajo de ellos se extendía el valle. La noche estaba clara, aunque sin luna. Las estrellas permitían entrever al fondo una masa arbórea flanqueada por pequeñas hileras de antorchas que se le acercaban, que descendían por todos lados y que se introducían en aquel bosque. Eran los semilleros que acudían a la llamada. Juan reconoció la belleza del momento, aunque el sonido potente lo amedrentara. El sonido, lo descubrió Juan más tarde, lo producían los agujeros cavernosos que traspasaban las cortezas de algunos árboles. Infinitud de oquedades que permitían el silbido del viento que, bronco o agudo, atravesaba el valle como si fuese un órgano arbóreo, ascendiendo luego, llevando ese sonido lejos como si fuese un mar interior.

Juan y Martín también fabricaron una antorcha y comenzaron a descender. El abuelo la portaba orgulloso. La movía en alto como señalando a los demás que ellos también acudían, que pronto estarían abajo.

Juan observó primero la respuesta lejana de otras luminarias que también danzaban, y luego, más rápido de lo que imaginaba, se vio envuelto por personas que gritaban jubilosas al encontrarse.

—¡Martín, cuánto tiempo! —le dijo un hombre que rondaría la edad de su abuelo

—¡Jacinto!

Ambos se quedaron con los brazos abiertos, antorcha en mano.

—Éste es mi nieto Juan. Aguántanos las antorchas, que quien se abraza con fuego se quema.

Y cogiendo las dos antorchas, Juan iluminó aquel abrazo y otros tantos que se producían en ese momento. Las presentaciones se sucedían y todos aquellos hombres de largas barbas y aspecto desaliñado por las prolongadas caminatas se saludaban vociferantes, sin dejar de adentrarse en el bosque. Las miradas y los abrazos, los apretones de manos, las risas, las caricias en la cabeza de Juan y de otros niños que también acudían como acompañantes, invadían la penumbra, trepaban alegres por el manto vegetal que los cubría. A Juan le dio la impresión de estar en una catedral solemne que se alzara en medio del valle y cuyos pilares eran aquellos troncos y raíces.

Todos los semilleros rondaban la edad de su abuelo y la presencia de otros jóvenes le resultó tranquilizadora. Comprobaba aliviado que no era la única persona asombrada, que había otros que también se mostraban nerviosos, tímidos, amedrentados por aquella especie de aquelarre festivo, de ceremonia inaudita que estaban a punto de presenciar y cuya comprensión se les escapaba.

Los saludos y voces se fueron apagando a medida que se concentraban en un claro. Formando un círculo, fueron colocando las antorchas erguidas en el suelo. Se mantuvieron callados hasta que el viento del este cesó por completo y el bosque pareció sumergirse en un silencio que ronroneaba con el crepitar de las llamas.

—Bienvenidos en nombre de Silva —dijo el anciano que se encontraba enfrente de Juan—. Lo que el bosque nos otorga debemos devolverlo. Así ha sido y así será mientras vivamos. Que los nuevos aprendan de sus mayores como nosotros aprendimos de los nuestros. Y si comprenden, que continúen viniendo. Silva os lo agradece. Debemos comenzar cuanto antes.

El anciano se dirigió hacia un tronco voluminoso en cuya base una cavidad parecía ofrecer cobijo. Se detuvo.

—Decid a los neófitos que vengan.

—Vamos, Juan, acércate y tráela —le dijo su abuelo mientras le indicaba el camino con el brazo.

Los jóvenes se fueron aproximando hacia aquel anciano que les esperaba sonriente. Juan quería fijarse en los otros que, como él, se dirigían con pasos titubeantes, pero no podía apartar su vista del anciano. La mirada furtiva de la niña que se puso a su lado le confortó, pues no estaba solo. Formaron una fila. El anciano se introdujo en el árbol y salió con un gran bulto entre los brazos. Se lo ofreció al primero que salió de la fila, portándolo sin que Juan pudiese adivinar de qué se trataba. El rito se repitió varias veces hasta que Juan se encontró cara a cara con el gran tronco abierto. Una pequeña luminaria insinuaba un pasadizo hacia el interior, flanqueado por los pliegues rotundos de la corteza milenaria. De súbito, apareció el anciano.

—Me alegro de que estés aquí. Ésta es la tuya. Llévala a tu abuelo.

Juan tardó un poco en comprender que lo que aquel hombre le entregaba era una semilla. El tamaño no se correspondía con ninguna que Juan hubiese visto antes. La cogió como si fuese un recién nacido y caminó despacio hasta llegar a su abuelo. Éste la recibió orgulloso y esperó que todos los demás recibiesen la suya. Aquellos ancianos aguardaban con una semilla gigantesca entre los brazos. Juan comprobó que cada uno llevaba, amarrada en su espalda, una pequeña pala que resplandecía con última luz de las hogueras. Después de un largo silencio, algunos comenzaron a emitir una especie de canto gutural, mientras acariciaban la semilla. El sonido acompañaba el movimiento de la mano, que describía círculos alrededor de la semilla, ascendiendo y bajando, como si las semillas fuesen un instrumento magnético que resonara a través de las gargantas. El canto era diferente en cada uno y al poco comenzaron a andar en diferentes direcciones. Juan observó que todos tenían los ojos cerrados. Ya las manos no describían círculos, sino que agarraban la semilla a modo de guía, como si éstas indicaran el camino. Juan siguió a su abuelo que, sin abrir los ojos y cual zahorí, confiaba su andadura a la voluntad aparente de la semilla. Alejándose de aquel claro, se introdujeron por unas sendas escarpadas y, finalmente, en una especie de claro, la semilla se detuvo. Estaban solos. El resto de semilleros se había dispersado por todo el valle.

—Aquí es —dijo el abuelo, y desató la pala que llevaba a la espalda.

Pasaron el resto de la noche cavando un enorme hoyo. Se turnaban en aquella esforzada labor sin que Juan comprendiera por qué había que hacerlo tan grande. El agujero sobrepasaba con creces el tamaño de la semilla, pero Juan ya se había resignado a que su abuelo le explicara alguna cosa hasta después de que sucediera. Con los primeros rayos el abuelo se dio por satisfecho.

—Será mejor que descanses un rato. A poco que andes por ahí, seguro que encuentras a los otros. No te atiborres solamente de bellotas. Aunque el manzano silvestre está muy ácido, algo te servirá y…, bueno, siempre tienes el río. Recuerda este lugar, por lo que más quieras. Yo estaré bien.

—Abuelo, ¿qué me estás diciendo? ¿Es que piensas marcharte ahora y dejarme aquí solo?

—Bueno, tanto como marcharme no. Juan, es fundamental que ayudemos al bosque. Viene haciéndose desde hace mucho tiempo. Marcharme, no, esconderme un poco, tal vez. Verás, hace falta que nos cubras a los dos hasta que haya luna llena. No muy apretada la tierra, más bien suelta.

—Tú estás loco. ¿Piensas meterte en el agujero y encima pretendes que yo te entierre?

—No es eso, Juan. Esta semilla solamente crece al calor humano. Está unida a nosotros. Somos parte de su ciclo. No pasará nada.

—Pero si te entierro, te morirás…

—De eso nada, jovencito, no pienso morirme así por las buenas. Únicamente pretendo hacer mi trabajo y necesito que tú hagas el tuyo. La semilla me protegerá. Sólo será hasta la luna llena.

—Pero si hay luna nueva ahora…

—Es el momento, Juan, por favor, no pongas esa cara, no me va a ocurrir nada. Será como si estuviera dormido.

El abuelo convenció a su nieto de la importancia de su trabajo, de la necesidad de permanecer oculto junto a la semilla y, sobre todo, de que mantuviera limpia la zona.

—Que nada estorbe a los brotes. En cuanto surjan, te alegrarás. ¡Verás qué bonitos son! Voy a colocarme. Espera que esté dormido para echar la tierra, y olvídate de todas las imágenes que te recuerden a tu abuelo. No me veas como tal. Ahora yo también soy una semilla. Te quiero, Juan.

—Yo también, abuelo… abuelo semilla…

Se introdujo en el boquete con la semilla y le hizo un pequeño corte. Puso su boca en la incisión como si estuviera mamando y se acurrucó abrazándola. Guiñó un ojo a su nieto y luego los cerró. Juan le observó durante un largo tiempo y cuando creyó que estaba dormido, comenzó a cubrir el hoyo sin mirar dentro. No quería ver cómo sepultaba vivo a su abuelo. Esperó varias horas sin que nada ocurriera. A lo lejos, un movimiento llamó su atención y apartó la mirada de la tierra. Era la chica de la noche anterior. Se acercó. Cuando ella le vio, se dirigió corriendo hacia él y le dijo llorando:

—Acabo de hacer una cosa terrible.

—¿No me digas que tú también has enterrado a tu abuelo?

—Me dijo que no le pasaría nada.

—Lo mismo dijo el mío.

Se abrazaron. Se sentían mal. En ese momento, el viento comenzó a soplar y el bosque volvió a llenarse de sonidos que conmovían. Como siguiendo a la llamada, se dirigieron a la explanada de la noche anterior. Acudían todos los niños, esta vez sin sus acompañantes. Estaban desconcertados y se reunieron entre sollozos. Sin darse cuenta, se habían sentado otra vez en círculo frente al tronco hueco del que salieran las semillas. Juan se levantó de repente y dijo en voz alta:

—Yo no he enterrado a mi abuelo. Lo que cubrí con tierra no era mi abuelo. Era una semilla. Lo que hemos hecho es importante para el bosque, para los semilleros, para todos nosotros.

Juan se sorprendió diciendo estas palabras, como si no fuera él quien las pronunciara, como si alguien estuviese hablando por él.

—Además, ¡qué diablos!, yo no he venido hasta aquí para sepultar a nadie.

En ese momento, Juan reconoció la voz que le hablaba dentro. Era la voz de su abuelo. No pudo reprimir una carcajada y luego una risa amplia que se fue extendiendo por todo el círculo hasta que los

í congregados comenzaron a reír. Se habían rela-
jado de repente. El temor por lo ocurrido se había
esfumado. Confiaban en sus parientes, en la tarea
que habían ayudado a realizar y en la espera que les
aguardaba. Por primera vez desde que llegaron al
bosque, no se sentían extraños, formaban parte de
una ceremonia prodigiosa que les sobrepasaba y
en la que, y ése era el único temor que les queda-
ba, debían estar alerta por si les sucedía algo a sus
mayores.

Los tres primeros días, se dedicaron todo el tiempo a la búsqueda de alimentos. Las bayas y frutos
silvestres que encontraron no hicieron sino acre-
centar el desaliento. El cuarto día, el río les facilitó
la tarea. La pesca alejó la pesadumbre del hambre.
La mayor parte del tiempo sobrante se prolongaba
en el propio río: los baños interminables, las zambu-
llidas desde las ramas vigorosas que los introducían
directamente en el centro del cauce, las raíces caprichosas que les servían de noray para embarcaciones
improvisadas de troncos y ramajes.

Por la mañana, todos solían revisar el lugar donde habían plantado a sus parientes. Limpiaban la
zona tal y como les habían aconsejado y eliminaban
las malas hierbas. En esos momentos, a Juan le gustaba conversar un rato con su abuelo. Le hablaba de
sus baños, de las proezas náuticas que realizaban;

las felicitaciones recibidas por su receta del pesc
do, rellenando el lomo con salvia y enebro antes de
asarlo, tal y como él le había enseñado; los olores que
descubría, el viento que dominaba, el silencio
que estiraba la noche. Juan sentía la necesidad de
hablarle a su abuelo, a aquel pedazo de tierra que
lo ocultaba, con la seguridad de que aquellas palabras eran necesarias y, sobre todo, lo más importante, recibidas.

Por la noche, otra conversación giraba alrededor
de la hoguera, los ojos intimaban escudados en la
penumbra y cada uno relataba su procedencia, los
pasos dados hasta entonces. Estaban unidos en
aquel bosque y a medida que lo habitaban lo apre-
ciaban más y más. Deseaban con fuerza que perma-
neciera para siempre.

LOS DEVORADORES

El décimo día, aparecieron las sombras. Ocultos bajo la hojarasca, eran casi imperceptibles a menos que uno los pisara. A primera vista parecían pequeños erizos sin rostro, como si fuesen marinos. Cuando se abrían, una superficie carnosa les servía para desplazarse, dejando tras de sí un diminuto reguero viscoso. Al principio no le dieron importancia, pero su número fue aumentando y se hicieron molestos, sobre todo en la ribera, donde andaban descalzos. Surgían en los lugares más insospechados y su presencia era cada vez más inquietante. Una antorcha durante un paseo nocturno les desveló algo.

Los regueros resplandecían con aquella luz y, vist•
así, sus movimientos no eran caprichosos, sino que
demostraban una intención. Los caminos que seña-
laban iban en la dirección donde habían sido plan-
tadas las semillas. Siguieron los rastros y comprobaron que cada plantación estaba rodeada por un
grueso círculo de aquella baba resplandeciente. Sin
saber el significado de aquello, decidieron permanecer alerta y, aquella noche, cada cual, hasta que el
sueño les venció, se mantuvo vigilante en su plantación. Quedaban pocos días para la luna llena.

Al alborear, Juan se despertó. La semilla estaba
brotando y un tallo emergía firme desde la tierra.
Como había vaticinado su abuelo, una alegría grande se apoderó de él. Por otra parte, a la luz del día,
no se mostraba ningún círculo, ninguna marca que
delatara la presencia de aquellos seres.

Compartieron aquellos brotes esperanzados y,
dado el crecimiento tan rápido y vigoroso que tenían, se despreocuparon de los erizos que, cada vez
en mayor número, poblaban el bosque.

Cuando faltaban tres días para la luna llena, el
abuelo Martín comenzó a emerger. Surgía envuelto
en una vaina prodigiosa y verde mar. Al abrirse
mostraba primero el rostro, envuelto a su vez por
unas hojas translúcidas cuyos nervios parecían atra-
vesar su piel. Juan contemplaba con admiración la

silueta dormida y placentera de su abuelo. Las dos jornadas que tardó en aparecer completamente, Juan dejó de hablarle, pues temía que su conversación lo despertase antes de tiempo. Se limitaba a mirarle. La noche de luna llena, tal y como estaba previsto, Martín abrió los ojos y terminó su hibernación. Salió de la vaina y corrió a abrazar a su nieto, dándole las gracias efusivamente por cuidar de él. De repente se fijó en uno de los erizos cercanos.

—¿Hay muchos? —preguntó Martín.

—Muchos ¿qué…?

—Pues ¿qué va a ser? ¡Erizos!

—Abuelo, hay un montón, no han dejado de llegar durante los últimos días.

—¡Rápido! ¡Tenemos que avisar a los demás!

—¿Quiénes son? ¿Qué hacen tantos aquí?

—¡El enemigo de Silva! Lo que has visto hasta ahora no es nada. Lo peor está por llegar. Éstos de aquí son los rastreadores. ¡Minúsculos en comparación con los otros, los verdaderamente peligrosos: los devoradores!

—¿Devoradores? Me estás asustando. ¿Devoradores de qué?

—Los devoradores son mucho mayores. Sus colmillos y garras están tan afiladas que pueden hacer un agujero en la tierra en un santiamén. Su comida favorita son estas semillas nacientes. Mientras sigan germinando estarán en peligro. Por eso el tallo debe crecer tan deprisa. Para que la semilla se desarrolle lo más rápido posible. El calor humano les ayuda a germinar.

—Y ahora, ¿qué podemos hacer nosotros?

—¡Despistarlos! Los devoradores son ciegos y solamente se guían por este rastro. Si logramos confundirlos un tiempo, cuando lleguen será tarde y los nuevos brotes estarán a salvo.

Cuando todos se reunieron, hubo una mezcla de alegría y tristeza. Habían llevado a buen término la plantación, «recuperando» a sus abuelos perdidos; habían descubierto la belleza de Silva, las maravillosas jornadas en el río, las nuevas amistades; habían superado el hambre, la soledad, el temor a lo desconocido. Pero tenían que salir de Silva inmediatamente, y culminar la tarea de su reproducción. Lo que más les entristecía era que debían separarse, seguir cada cual su camino.

Las parejas se separaron deseándose suerte, volver a encontrarse en Silva cuando ésta les convocase. Cada cual se dirigió a su plantación, restregándose a cada paso por esa baba invisible que conducía a los brotes. Al llegar a éstos se revolcaron en el círculo invisible, impregnándose de las hojas, de un olor que a Juan se le hacía insoportable.

—Creo que ya olemos como los mismos diablos. Espero que este horrible olor los atraiga y, sobre todo, espero que estemos a salvo cuando esto ocurra. ¡Vamos, Juan!

El abuelo se levantó y salió corriendo. Juan iba tras él preguntándole:

—¿Dónde vamos ahora?

—Estamos alejando el peligro, confundiendo el rastro de los devoradores.

—¿Corriendo? Pero, abuelo, si llevamos el olor, nos perseguirán a nosotros.

—¡Me alegra que te siga funcionando la cabecita!

—¿Y hacia dónde vamos?

—Mira, jovencito, a mi edad, bastante tengo con correr. Cada cosa a su tiempo. Ya pensaremos más tarde. Y por lo que más quieras, no pretendas que continúe hablando.

Cuando el abuelo no pudo correr más, se detuvieron. Ambos jadeaban, cubiertos todavía en parte por la hojarasca. La cara de Martín estaba roja por el esfuerzo. El sudor se mezclaba con pequeñas heridas que se había hecho durante la carrera y la baba maloliente. Los resoplidos y fuelles del abuelo hacían temblar las hojas que le cubrían.

—Nunca he visto a uno de esos devoradores, abuelo, pero te juro que no pueden ser más feos que tú en este momento.

—¡Muy chistoso! Por la voz diría que eres mi nieto, pero cuando te miro, no sabes lo difícil que me resulta hablarle a una cagarruta de la tía Macaria.

Juan se alegraba de que su abuelo conservara el humor a pesar del esfuerzo.

—Esperemos un poco que mi corazón termine de delirar y ahora seguimos.

—¿Nos queda mucho?

—No hemos empezado todavía, Juan.

—¿Y qué pasará si aparecen? ¿Cuando se den cuenta de que no somos lo que buscan?

—¡Ojalá no suceda! Su hambre es tan atroz que se darían cuenta demasiado tarde. El olor les vuelve locos.

—Vamos, abuelo, se nos hace tarde.

Transcurrieron dos jornadas a un ritmo vertiginoso. Desistieron de correr porque Martín tardaba cada vez más en recuperarse. Para sorpresa de Juan, su abuelo soportaba mucho mejor que él la marcha rápida, que le resultaba agotadora. Sin tiempo para cocinar nada o recoger frutos silvestres, consideraba vomitivas las larvas e insectos que su abuelo le ofrecía como si fuesen manjares.

—Son muy digestivas y, lo que es mejor, te reponen al instante.

Sin embargo, lo peor eran las noches. Al abuelo le causaba tal zozobra el temor a ser sorprendidos que pasaba la mayor parte en vela. En los escasos relevos que concedió a su nieto, Juan pudo oír sus sueños en voz alta. No eran agradables. En uno de ellos pedía perdón a sus tías por llevarle consigo. Luego aparecían los devoradores y el abuelo despertó gritándole a Juan que huyera.

Se levantaron a medianoche y caminaron. Por la mañana, después de descansar, subieron a un pequeño risco para otear el recorrido.

A punto ya de descender, Juan vio por primera vez a un devorador. Estaba donde ellos se habían detenido antes. El tamaño era el de un jabalí recubierto con púas. Un enorme hocico a ras de tierra disimulaba los colmillos. Daba la impresión de que quisiese absorber todos los olores del camino, la conversación mantenida momentos antes con su abuelo. No parecía ciego. Bajo su armadura afilada se adivinaban unas patas gruesas y potentes.

Tembloroso, Juan puso una mano sobre el hombro de su abuelo, que descendía ignorante.

—Allí… quieto…

El abuelo se detuvo de golpe y agarró a Juan por las piernas. Giró la cabeza y, colocando el dedo índice sobre sus labios, indicó al nieto que guardara silencio. Luego miró al cielo y observó las nubes. Juan quería salir, pero las manos de su abuelo le sujetaban con fuerza. Susurrándole al oído, le dijo:

—Ahora el viento nos favorece. Pero va a cambiar de un momento a otro.

Comenzaron a descender por el lado contrario del devorador. Procuraban ir despacio, evitando pisar las ramas, pues crujían. Algunos guijarros que rodaban a su paso devolvían un silencio tenso que parecía delatarles. Una ráfaga de aire les inmovilizó. El viento había cambiado y les daba de cara. Ambos sabían que su olor se dirigía ya en dirección contraria.

—¡Prepárate a correr, muchacho! ¡Vamos al desfiladero!

Juan miró a su abuelo con tristeza. Tenía miedo, no le cabía duda. Pero temía más por su abuelo que por él. No soportaría una persecución campo a través.

Un gruñido chillón en lo alto del risco confirmó los temores. Se lanzaron a correr impulsados por la fuerte pendiente. Ésta se prolongaba en una rambla flanqueada por el bosque. Ambos morían en el desfiladero.

—¡El desfiladero, Juan, necesitamos llegar al desfiladero! ¡Corre y no mires atrás!

El abuelo enfiló la rambla como una locomotora que no encontrara sus raíles. Juan iba tras él, negando con la cabeza. Sería un milagro que aquellas piernas desmadejadas, acompañadas por unos brazos que se dirigían en todas direcciones, sujetasen durante un mínimo tiempo la carrera. Cada zancada era un prodigio que desafiaba el equilibrio. Juan tenía la certeza de que su abuelo nunca lo lograría. Se detuvo y se giró hacia el devorador en el momento en que éste se arrojaba por la pendiente, impulsado por su peso, como si fuese un tobogán. Descendía veloz, seguido por una estela de polvo y tierra, de rocas y ramas que saltaban a su paso. Era un alud. Sin embargo, los pocos segundos que Juan dedicó a observarlo, le sirvieron para comprobar que era un alud torpe, que a pesar de que las fuerzas le sobraban, le faltaba precisión. Finalizado el descenso, corría con una gran torpeza. A causa de su ceguera, debía comprobar a cada momento la orientación de su presa. Aquello le infundió a Juan el valor que necesitaba. Intentaría despistarlo mientras su abuelo se alejaba.

Comenzó a correr en zigzag, llevando su olor de un lado a otro, siendo respondido por el devorador tal y como esperaba. Siguió su rastro caprichoso. Se introdujo en el bosque e incluso llegó a disfrutar cuando comprobó que el cazador se golpeaba contra numerosos árboles. Al salir otra vez al descubierto, otros tres devoradores le perseguían a lo lejos. Había llegado el momento de huir en línea recta, de apartarse lo más rápidamente posible. Corrió como nunca antes lo había hecho. Sentía que todo él estaba preparado para la velocidad, que sus piernas no oponían resistencia y que eran capaces de surcar el aire como si estuviese volando. Llegó al lugar donde se encontraba su abuelo y, juntos, atravesaron el puente de piedra que salvaba la entrada del desfiladero.

—Un poco más… —decía el abuelo implorando un poco de aire para terminar sus palabras— y estaremos a salvo.

En efecto, el camino pronto se reducía a la anchura de un caminante. El puente había sido construido sobre una presa natural, enormes piedras que cegaban las aguas de los barrancos y torrentes. Las paredes del desfiladero eran tan verticales que los propios caminantes, a fuerza de paciencia, habían excavado un sendero en uno de los muros de piedra. La torpeza ciega de los devoradores nunca atravesaría aquel sendero. Estaban salvados. Sin fuerzas para dar un paso más, se sentaron en el camino con las piernas colgando.

—Oye, jovencito, ¿sabes cuántos días llevamos corriendo?

—A cualquier cosa le llamas correr… Parecías un avestruz de tres cuellos con tentáculos de pulpo en vez de patas y…

—Ja, ja, ja. ¡Calla, calla, que me troncho! Ja, ja, ja… Veo que sabes apreciar un buen estilo. Ja, ja, ja…

—¿Crees que seguirán ésos ahí?

—No lo dudes. Pero no te preocupes. Pronto llo-
verá. El agua caerá sobre nosotros y borrará el olor.
Las semillas deben haber germinado del todo. Lo
hemos conseguido, Juan, y además, nos hemos
librado de una buena. No sabes cuánto te lo agra-
dezco. Gracias, Juan.

Al rato comenzó a llover. Ambos lo celebraron.
Recibieron la lluvia como si les purificara. Sabían
que el agua que corría por sus cuerpos se llevaba
algo más que el polvo y las heridas: se llevaba también la persecución y la angustia, el cansancio y el
desvelo. Les devolvía la paz.

8

CRISTOBALINA

Cuando repusieron fuerzas, decidieron continuar el camino. Se veía sólo un tramo, ya que más
adelante dejaba de ser recto.

—¿Adónde lleva?

—Sólo hay una manera de saberlo —dijo el
abuelo, y echó a andar.

Juan le siguió animosamente pero luego receló,
a medida que el paso se estrechaba y había que
pegarse bien a la pared de piedra.

—Procura no mirar abajo, si no quieres vértelas
con tu tía Macaria. Ya sabes que no le gusta que te
bañes a deshoras.

Juan conocía el modo tan peculiar que su abuelo tenía de advertirle.

—Creí que ahora podríamos relajarnos.

Las paredes se alzaban verticales sin misericordia. Obligados a afianzar cada paso para evitar la caída, sus deseos de continuar disminuían. Abajo, donde la luz del sol no llegaba, el color oscuro de las aguas, unido a su quietud y silencio, le otorgaban un aspecto tenebroso.

Avanzaban cada vez más despacio. El sendero se reducía hasta el límite de tener que caminar de lado. Continuamente se apoyaban en la pared, intentando que el peso no se fuera hacia el vacío y equilibrando cada movimiento mientras el camino se reducía más y más. A Juan le pareció que seguir era una locura. No tenía sentido arriesgarse tanto. La idea de retroceder tampoco le agradaba. No era tanto el temor a los devoradores como desandar lo recorrido. Sin embargo, el camino decidió por ellos. Simplemente se acabó. Se quedaron en mitad del desfiladero.

—¿Y ahora qué hacemos? ¿Retrocedemos ya o esperamos un ratito?

—De eso nada, jovencito. Seguimos el camino.

Juan creyó que su abuelo estaba perdiendo la razón.

—Pero, si no hay.

—Que no lo veas no quiere decir que no lo haya. ¿Por qué crees que el camino tiene que ser hacia delante?

—Abuelo, no podemos continuar. Además, esta pared es imposible de escalar.

—¿Quién está hablando de escalar? ¿Estás listo?

El abuelo miró hacia abajo, hacia las aguas. A Juan le recorrió el cuerpo un escalofrío.

—¡Eso, ni pensarlo! ¿Estás loco?

—Venga, no tengas miedo, es un salto de nada.

—Pero, abuelo, ¿cómo no voy a tener miedo con lo alto que está?

—Está bien, te dejaré un rato para que lo pienses.

—No tengo que pensar nada. Ya lo he decidido. No pienso saltar.

—¿Te importaría pensar en voz baja? Me estoy concentrando.

Juan no podía creer lo que le estaba pasando. Su propio abuelo animándole a saltar hacia el abismo.

—¡Abuelo! ¡Haz el favor de reconocer que éste no es el camino! Debemos volver.

—¿Por qué estás tan seguro de lo que dices?

—Porque es evidente.

Juan empezó a retroceder despacio, intentando no escuchar la voz de su abuelo.

—Es inútil que vuelvas, Juan. Me temo que el camino también se acaba por ahí.

Juan comprobó, horrorizado, que su abuelo tenía razón. El camino se replegaba hacia las paredes. Estaba desapareciendo delante de sus ojos.

—¿Qué está pasando? ¡Vamos a caer, abuelo!

—¡Caernos, nunca! ¡No permitiré que mi nieto se caiga! ¡Saltemos!

Cogiéndose de las manos, tomaron impulso y se lanzaron antes de que el camino fuese absorbido por completo. En la caída, Juan observó cómo su abuelo se frotaba las manos y gritaba:

—¡Espero que al menos esté fresquita!

La precipitada inmersión confirmó los deseos del abuelo. Juan creyó que se hundiría para siempre en la oscuridad helada de las aguas. El frío le bloqueaba el pensamiento y le provocaba un dolor insoportable. No veía a su abuelo. Le pareció distinguir una luz que se dirigía hacia él. Otra a su lado y otra más. Sintió un roce violento en el rostro, en el pecho, las piernas. Algo le rodeaba y frenaba su hundimiento. Las luces que ahora le sobrepasaban iluminaron sus brazos, el cuerpo volteado de su abuelo. Estaban atrapados en una red. Necesitaban aire. La malla se tensó y los envolvió por completo. Encima de ellos, las luces en círculo que coronaban la red comenzaban a cerrarse. Más allá, la claridad de la superficie y una gran silueta. Un empuje firme comenzó a ascenderles. Emergieron igual de rápido. Cuando pudieron respirar, comprobaron que una mano rocosa, que surgía directamente de la montaña, les estaba sustentando. Después vino el silencio, la

...ietud, el balanceo por encima de las aguas cada vez que se movían en la red. En el desfiladero, no sucedía nada. Aquella mano pétrea y misteriosa permanecía inmóvil, como si su única misión hubiese sido aparecer súbitamente, de dentro de la montaña, e impedir que el abuelo y el nieto muriesen ahogados.

Durante tres largos días estuvieron ahí suspendidos, sufriendo los rigores de la sed y el hambre, las noches temibles que pasaban tiritando. El aire que penetraba por el desfiladero, a poco que se juntaba con la bruma que ascendía desde las aguas, se tornaba frío y doloroso. Con todo, lo peor era la sensación de abandono que les embargaba, como si aquella mano les hubiese olvidado por completo.

El cuarto día aparecieron las cigüeñas. Se posaron justo arriba de ellos, en el puño que les sostenía. Traían ramas para anidar. Martín comenzó a llamarlas, intentando imitar el croteo. El eco del desfiladero amplificó sus sonidos durante toda la mañana. Resignado, Juan veía hasta cierto punto lógica la desesperación de su abuelo. A mediodía, para su asombro, había logrado el favor de las cigüeñas. A la par de ramas y cañas, trozos de paja, trapos y barro, fueron trayendo, en cada vuelo que tornaba, el alimento que los salvaba. Habían sido

adoptados por aquella pareja de cigüeñas. La re
pugnancia inicial fue superada debido a la necesidad
y todo un conjunto de gusanos, pequeños ratones,
ranas y lagartijas, incluso una culebra, fueron engu-
llidos por Juan y su abuelo. También fueron recom-
pensados con plumas y ramas, retales diversos que
acomodaron en la red y que servían de abrigo. Con
una pequeña bolsa de tela, unida a los hilos que des-
tramaron de la red, lograron recoger algo de agua.

Con los primeros rayos del sexto día, tuvieron la
impresión de que se habían desplazado. La mano
parecía querer salir de la montaña y la pared mostraba nuevas ondulaciones. Era algo casi impercepti-
ble, pero las lentas horas de observación no dejaban
lugar a dudas. La pared estaba moviéndose lentamente. El séptimo día, comenzó a latir: un latido
suave, como un timbal lejano, pero que el desfiladero tensaba y lo hacía vibrar, correr entre las aguas.
Comprendieron que permanecerían allí y mientras
las cigüeñas les alimentasen, hasta que aquel ser,
lentamente y día tras día, surgiera de la montaña.

Después de quince días atrapados, Martín tuvo
sueños de infancia.

—Verás, Juan, durante una parte de mi vida tra-
bajé en un circo, por llamarlo de alguna manera.

—¿Que tú trabajaste en un circo? Nunca me lo
habías contado.

—¡Bueno, tanto como trabajar…! Yo, yo era ѕ aprendiz. Sería un poco mayor que tú.

—¡Qué bueno, mi abuelo en un circo!

—Aprendí muchas cosas y la primera de todas fue a no interrumpir.

—Vale, vale, ya te dejo —Juan comprendió que su abuelo quería contarle algo que le costaba.

—Llevo varias noches soñando con aquello. Éramos una compañía curiosa. Recorríamos los pueblos y aldeas con nuestros carromatos sin rumbo preciso, siempre dispuestos a actuar para quien quisiera vernos, a cambio de un plato de comida. No costaba mucho llenar nuestro granero y alegrábamos las tardes de mucha gente. Eso sí, nuestros números eran de lo mejorcito. ¡Yuca y Pori!, ¡los hermanos Gominola!, ¡Lionel y los siete caballos invisibles! ¡Lionel era un mimo magnífico! Salía y presentaba uno por uno a sus siete compañeros invisibles, siete corceles salvajes que había capturado en la Selva Blanca. Al principio parecía un número cómico y la gente le seguía la broma. Pero conforme el número avanzaba, Lionel sembraba las dudas del respetable. Ocurría una tragedia. Una de las yeguas, precisamente la que estaba embarazada, daba un mal salto y se rompía una pata. Había que sacrificarla allí mismo. Lionel lloraba con desgarro. La yegua le pedía que no lo hiciese todavía, que le ermitiese tener antes a su potro. La entablillaba. Cuando íbamos a llevarla dentro, la yegua paría un precioso potrillo invisible que lo primero que hacía era lamer las heridas de la madre. Ésta se curaba milagrosamente. Lionel no daba crédito. Hacía un momento tenía la pierna fracturada y ahora trotaba con su hijo. El público justificaba lo ocurrido por los deseos que tenían todos de que así ocurriera.

—¿Y la gente se lo creía?

—Es que las emociones eran verdaderas. El público sentía toda la tragedia y eso era lo que importaba. Lionel estaba solo en la carpa, pero podía meterte en una de sus historias como si estuviesen sucediendo de verdad. También estaba Simón el faquir, un portento capaz de introducir en su estómago las cosas más desagradables que hayas visto en tu vida. ¡Ríete tú de las lagartijas! Se comía las cosas más absurdas: un zapato con mermelada, una bocina, cualquier cosa… Y lo mejor de todo es que disfrutaba con aquello como si fuesen platos exquisitos. No te quepa duda de que si estuviera aquí ya se hubiera zampado esta red. Pero si había alguien prodigioso, alguna persona maravillosa en ese circo era Cristobalina.

Un profundo latido salió entonces de la montaña. Martín calló. Cuando el eco devolvió el silencio, prosiguió:

—Cristobalina era muchas cosas. Era la mujer más fuerte del mundo, una verdadera colosa que levantaba las cargas más pesadas con una facilidad pasmosa. Sus números causaban tanto asombro que podían alimentarnos para varias semanas. Ella era la auténtica reina del circo, aunque su modestia le hacía rehuir cualquier protagonismo. Solamente era capaz de aceptar unos pocos aplausos. Enseguida sacaba a la pista a los demás y compartía las felicitaciones con todos, mientras ella retrocedía ruborizada, con aquel cuerpo enorme que intentaba esconderse en vano. El espectáculo finalizaba con ella alzando en sus brazos a todos los artistas, que saludaban desde lo alto.

»Pero por muy capaz que fuera de doblar barras de hierro, de romper cuerdas atadas a sus músculos, de levantar carretas, de hacer bailar una piedra de molino como si fuese una peonza, Cristobalina no presumía de nada de esto. «Vosotros sí que tenéis mérito —solía decir—. Lo mío es natural y lo vuestro, trabajo.» Durante la mayor parte del tiempo, permanecía solitaria y silenciosa. Hablaba poco y con quien más conversaba era conmigo. Yo estaba un poco con todos. Recorría todas las carretas aprendiendo de cada uno, ayudándoles en la preparación de sus números, en la limpieza de los carros, en la alimentación de las bestias, haciendo ecados diversos, aprendiendo… Con Cristobalina era diferente.

Otro latido profundo interrumpió a Martín.

—Nunca me pedía nada. Tampoco ensayaba. Yo simplemente le acompañaba. Y a ella le gustaba. Me tenía un cariño especial.

—¿Y qué es lo que hacía, abuelo?

—Crecer. Siempre crecía. Era una giganta que nunca cesaba de crecer. Y a veces lo hacía con tristeza, como si la naturaleza se hubiese equivocado con ella. Decía que cada vez que lo hacía se apartaba un poco más de todos. Yo entonces le pedía que me cogiera y me alzara. «Eso no es cierto —le respondía—. Contigo, todos crecemos un poco.» Entonces se reía desparramando su risa profunda por todo el contorno. Nadie sabía de dónde procedía. La encontraron en el vado de un río, cuando algunas carretas habían quedado atrapadas por el lodo sin poder avanzar. Con su fuerza descomunal, ayudó en el paso como si tal cosa. Cuando le preguntaron su nombre, no supo responder y decidieron llamarla Cristobalina. Algunos comentaban que un ser así solamente podía surgir de las rocas. Ella sonreía sin aclarar su misterio. Otras veces asumía su grandeza con orgullo y entonces se la veía bailar con los árboles, como si buscara parejas de su tamaño. Me encantaba verla feliz. En esos momentos, yo la perseguía correteando detrás de ella uniéndome al baile, y le preguntaba: «¿Hasta dónde crecerás, Cristobalina?». Y ella siempre me contestaba: «Hasta que me convierta en montaña».

Con los ojos humedecidos, Martín finalizó:

—Creo que lo ha conseguido.

Juan estaba absorto por el relato de su abuelo y, tan solo cuando dijo estas palabras, advirtió que de lo alto de las rocas, manaba un hilillo de agua.

—¿Quieres decir que esta montaña es Cristobalina?

Su abuelo asentía con la cabeza llorando de emoción por el reencuentro. Entonces comenzó a gritar con fuerza:

—¡Cristobalinaaaaa! ¡Cristobalinaaaaa!

La montaña latía sin cesar de manar. Con los últimos rayos, Juan contempló los pliegues hinchados de la montaña, que dejaban entrever, como si estuviese esculpida, la silueta de una giganta.

—Pronto saldremos de aquí, Juan. Ha sido necesario todo este tiempo para que descubriese el prodigio. Ella ha estado llamándome todo el tiempo.

—Pero yo no he escuchado nada.

—Con voz de montaña, Juan, que es diferente a la nuestra. Yo no la he reconocido hasta ahora, hasta que empecé a soñar con el circo y a pensar en Cristobalina. Pero ha sido ella quien me hablaba, quien

…e hacía recordar. Despacio, como es costumbre en las montañas.

—¿Y la mano, entonces? ¿Cómo es que nos pescó de golpe?

—No puedo explicártelo todo, jovencito. Dejémoslo en una proeza amorosa. Recuerdo que una vez me dijo: «Solamente cuando amamos, somos capaces de romper nuestros límites». Nuestra estancia ha merecido la pena. Me alegro profundamente de saber que está bien. Te sigo queriendo, Cristobalina.

Martín bailó durante toda la noche dentro de la red. Juan, vencido por el sueño, se durmió con el aroma que, en vez de agua, brotaba entonces de la montaña.

Por la mañana, la red ya no colgaba. Se encontraba posada en el paso del desfiladero que, anchuroso, había vuelto a aparecer. Lo atravesaron en silencio, acompañados hasta el final por el vuelo cercano de las cigüeñas, por el latido perfumado que resonaba en el eco.

ZÍNGARA

Siguieron bordeando el río hasta llegar al valle de los Pastores. Acogidos en sus cabañas, saborearon con fruición el queso, la miel y las tortas. Durmieron por fin estirados, a gusto gracias al calor de la lana, ronroneados por la rueda de historias que un pastor tras otro desgranaban en la hoguera cercana. Privados durante días de las cosas más elementales, celebraban la profunda sencillez de cada acto y no dejaron, en cada ocasión que tuvieron, de agradecer la generosidad de los pastores. El abuelo se mostró especialmente locuaz con aquéllos. Se interesó por todas y cada una de las ovejas del rebaño, preguntando sus nombres, los tipos de balada, las hierbas que preferían según las horas del día, los partos lunares… Tanto se interesó que llegó incluso a despertar la desconfianza entre algunos pastores, que no llegaban a entender tan desmedido afecto por su rebaño. Solamente las palabras tranquilizadoras de Juan calmaron los recelos:

—Es inofensivo —contestó— y ama a las ovejas sobre todos los seres.

Juan, acostumbrado a sus excentricidades, disfrutó largamente viendo a su abuelo pasar largas horas entre las ovejas. La desconfianza primera de los pastores fue desapareciendo a medida que las ovejas aumentaban la producción de leche y las crías nacían con una robustez inusual. Juan, mientras tanto, aprendió a tallar figuritas de madera. Aprovechaba las formas de las raíces que le insinuaban figuras y motivos. Los pastores alababan su destreza y ante la pregunta de cómo se le ocurrían aquellos seres, Juan se sorprendió con una respuesta típica de su abuelo:

—No soy yo. Son ellos los que quieren salir y me lo dicen.

Abandonaron el valle de los Pastores a finales de marzo, cuando la primavera despuntaba y el abuelo dio por finalizado su aprendizaje ovino. Juan sacó del zurrón todas sus estatuillas y las mostró a su abuelo. Martín contempló emocionado aquellas

...uras desparramadas que parecían cobrar vida conforme a su nieto Juan se las presentaba y les hablaba de ellas.

—Este caballo se llama *Zor* y ahora, como duerme, tiene las alas plegadas. Pero por la noche ya verás cómo vuela. Esta señorita se llama Zíngara. No lo sé muy bien, pero creo que es adivina o algo así. Y ésta es *Baila,* la serpiente. Aunque parece fiera, sus dientes, si te das así, te hacen cosquillas.

—¡Eso sí que es interesante! Déjame probar. Vaya, ji, ji. ¡Sí que es verdad!

—Los de aquí —dijo señalando dentro de su zurrón— seguro que te suenan. *Micaela* —añadió sacando una ovejita tallada—. Sé que era tu preferida. Se te notaba. Y éstas son la tía Jerónima y la tía Macaria. Están juntitas como si esperaran algo.

—A lo mejor te esperan a ti.

—Y para acabar... ¡tatatachán! Abuelo Martín, te presento al abuelo Martín.

Y le mostró su figura sentada, con una pierna cogida en un brazo y el otro colgando.

—Juan, es precioso. Digo, soy precioso. Encantado de conocerme, señor Martín. El gusto es mío, digo suyo, digo nuestro. Juan, ¡es formidable! Pero ahora, si me pongo así —dijo imitando la postura de la figura—, ¿cómo vas a saber cuál de los dos soy yo?

—¡Muy fácil! ¡Sois los dos!

—¡Mi nieto es un artista, un verdadero artista Y además, tiene dos veces a su mismo abuelo. Si me pasara algo, tendrías un recambio.

—Abuelo, no seas tonto. Tú eres insustituible. Y además, yo no permitiré que te pase nada.

—Así me gusta, un nieto protector. De todos modos, lo que tenga que pasarme, pasará. Oye, por cierto, tus tías están fenomenales.

—Han salido bien, ¿verdad?

—Calla, calla, que quiero escuchar lo que dicen. Pero si hablan de ti, Juan. ¡Que sí, Jerónima, que le estoy cuidando bien! ¡Que no le estoy exponiendo a ningún peligro! ¡Y está comiendo de maravilla! ¡Anda, díselo tú, Juan, que a mí no me creen!

—El abuelo tiene razón. Aparte de alguna comida a base de insectos y ratoncitos, de pasar frío, sueño, cansancio; aparte de huir de algo de vez en cuando, la verdad es que estoy comiendo de maravilla y el abuelo me cuida muy bien, cuando no le da por plantarse o irse con las ovejas. Ja, ja, ja, ja...

—Cualquiera diría que no te está gustando el viaje.

—Abuelo, te aseguro que no lo cambiaría por nada en el mundo.

—Pero ¿tienes ganas de ver a tus tías, verdad?

—Muchas.

—¿Te gustaría regresar ya?

—No es eso, pero de vez en cuando me acuerdo de ellas.

—Eso está bien, Juan, muy bien. Dentro de poco, el mar estará cerca y todo será diferente.

—¿A qué te refieres?

—Cada cosa a su tiempo, jovencito. ¿Me dejas a *Baila* por el camino? ¡Sí, señor, me gussssstan sussss dientesssssss!

—No me contestes si no quieres, pero recuerda lo que te he dicho.

—¿Y qué me has dicho?

—Que no cambiaría este viaje por nada en el mundo.

—No podrías aunque quisieras, jovencito.

Llegaron a un pueblo que celebraba su semana de mercado. Se unieron al tropel de vendedores y pregoneros que desfilaban con sus carros y mercancías. Junto a ellos, les acompañaban también toda suerte de charlatanes, embaucadores, milagreros y habilidosos. Las calles, humedecidas por la lluvia de la noche anterior, acogían, ahora soleadas, aquel bullicio. A la par que se abrían las carretas, se montaban los tenderetes, se extendían las telas y las alfombras, los comerciantes iban desgranando en voz alta las excelencias de sus objetos. Estos parecían cobrar vida con el aire y pasaban rápidamente de una mano a otra. Se desplegaban y recogían con asombrosa rapidez, dejando como testigos los olores.

Martín sugirió a su nieto que probara las habilidades de Zíngara, la pequeña muñeca de madera que había labrado.

—Pero abuelo, yo no sé engañar a la gente…

—Pero ¿quién está hablando de engañar a nadie? ¿Me crees capaz de semejante acción? Solamente te propongo que dejemos a Zíngara hacer su trabajo.

—¿Y cómo vamos a adivinar el futuro de la gente?

—Nosotros no vamos a adivinar nada a nadie. Será Zíngara quien les ayude.

Juan, conociendo ya la determinación de su abuelo, sabía que le iba a convencer.

—Que conste que yo no tengo nada que ver con este asunto.

—Ni yo tampoco, pero si sacamos unas cuantas monedas, bien que agradecerás cama y comida caliente durante unos días.

Las calles se repartían por oficios: en una se encontraban los tejedores y vendedores de telas y paños; en otras, los caldereros, hojalateros y fabricantes varios de utensilios; más allá los comerciantes de granos y frutas, y así sucesivamente. Ellos ascaron vías más tranquilas. Se instalaron en un recodo bajo una higuera, entre una vendedora de hierbas y otra de amuletos. Colocaron la muñeca sobre un paño de color violeta y jaspeado en sus bordes que les prestó la vendedora de hierbas. Sentados, y sin más pregón que la sonrisa silenciosa del abuelo, esperaron. Pronto los curiosos observaban a la muñeca y se interesaron por las cualidades que Martín les aseguraba.

—¿Y cómo lo hace exactamente, por boca de usted? —preguntó una anciana algo molesta porque su nieta ya se había encaprichado con la muñeca.

—Oh, no, señora, yo no intervengo para nada. Lo que Zíngara tenga que decirle se lo dirá a usted y solamente a usted, con la más absoluta reserva. Si quiere probar, es cosa suya.

—Veamos, ¿cuánto me va a costar?

—Nada que usted no quiera darme. Usted la prueba y luego, según lo que le diga, ya verá usted cuánto me paga por sus servicios. Yo no pongo el precio. Eso es cosa suya y de Zíngara.

Juan temía el desenlace de aquello, la reacción de la gente cuando comprobase que era una farsa montada por su abuelo. Éste pedía a los interesados que cogieran a la muñeca y la tuvieran en brazos, que le preguntaran en silencio aquello que deseaban saber y que le dieran el tiempo necesario para

que les contestara. Para su sorpresa, la gente r.
sólo se marchaba satisfecha, sino que se mostraba
generosa. Poco a poco, fueron apareciendo pequeños objetos que los adivinados entregaban a modo
de pago: pulseras, cestas de frutas, fósiles, pañue-
los, aceites, flores, algunas monedas…

—Abuelo, ¿qué está pasando? ¿De verdad que
Zíngara les habla?

—Tú lo dijiste antes que yo. En realidad, creo que
solamente hablan consigo mismo. Cuando te haces
una pregunta y te das tiempo, tú mismo te contestas.
Quizá sea eso. De todos modos, deberías probar.

Aquella noche alquilaron una pequeña habitación con las monedas que obtuvieron. Juan se acostó
con Zíngara entre sus brazos. Cuando los pensamientos flotaban en duermevela, pudo ver níti-
damente una imagen que le desveló y le hizo incor-
porarse. Era el viaje de regreso a casa. Sus tías le
abrazaban. Había vuelto solo.

Miró a su abuelo, que dormía plácidamente en la
cama de al lado. Su respiración parecía ocupar ahora toda la habitación. Dejó la muñeca en el suelo y
devolvió a su abuelo el beso que le había dado antes
de acostarse.

Por la mañana, no quiso decirle lo que había visto. Más tarde le preguntó si él había preguntado
algo a Zíngara.

—Claro, Juan, si no lo hubiese hecho, nunca t
hubiese aconsejado a ti que lo hicieras.

—¿Y qué te dice?

—Nada que los dos no sepamos.

Acompañaron a los comerciantes en su ruta y, durante un tiempo, vivieron a expensas de Zíngara. Como iban a pie y no querían llevar más que lo necesario, al caer la tarde repartían sus ganancias. Solían regalarlas entre los compañeros de mercado y los niños que acudían a ver cómo se desmontaban los puestos. Cuando se cansaron del vocerío y del trasiego, enfilaron su propio rumbo.

Martín menguante

Llegaron a una aldea solitaria. La proximidad de unas minas selladas hacía presumir que, agotadas éstas, los habitantes habían decidido abandonar el asentamiento. Las casas eran parejas, casi todas del mismo tamaño, exceptuando dos o tres que resaltaban por su envergadura. Alojaban en su interior higueras y zarzas, moreras y madroños, que se alzaban en cada estancia vacía como nuevos pobladores. Las ramas sobresalían por las ventanas, por las techumbres caídas, se inclinaban en los dinteles y volvían a ascender. Recorrieron todas las calles y sus casas sin que nadie apareciese. Aquella soledad otorgaba al lugar un cierto aire fantasmal. Decidieron quedarse allí una jornada, pero la luna alteró sus planes y prolongaron su estancia durante un mes.

La primera noche era luna llena y la aldea se pobló de luciérnagas y libélulas. Disfrutaron tanto viéndolas que quisieron repetir la noche siguiente. Pero entonces, Martín comenzó a menguar. A la par que la luna y noche tras noche, el abuelo se fue haciendo cada vez más pequeño. La desazón que aquello producía en Juan contrastaba con el buen humor de su abuelo.

—Supongo que esto es bueno para ahorrar energías. Además, así podré escudriñar madrigueras.

El abuelo menguó hasta quedar reducido al tamaño de una de las figuras que Juan tallaba.

Durante un tiempo, creyó que cuando partieran de aquel lugar, su abuelo recuperaría el tamaño anterior. Pero las jornadas transcurrían y el abuelo continuaba igual. Avanzaban despacio debido a sus pasos minúsculos. Los pequeños desniveles surgían como cordilleras y Martín no desaprovechaba la ocasión para explorar los mundos reducidos e ignorados hasta entonces.

Por la noche pedía a Juan que sacara sus figuras y hablaba con ellas montado en *Zor*, el caballo de las alas plegadas. Se peleaba con Macaria y Jerónima, desafiaba a la serpiente *Baila*, cantaba con la oveja y cortejaba a Zíngara. Finalmente, conversaba on su doble hasta dormirse. La mayoría de las veces, Juan no escuchaba estas conversaciones porque la voz del abuelo le llegaba lejana y parecía que hablaba en un lenguaje inventado. Pero le encantaba comprobar cómo era capaz de dar vida a esos trozos de madera. Juan admiraba cómo su abuelo se adaptaba a su nueva vida. Y le reconfortaba poder divertirse con su pequeño abuelo más que nunca.

Varias noches después, Juan se despertó impelido por un olor nuevo. El viento suave lo hacía desaparecer a ráfagas para devolverlo luego más penetrante.

—Es el mar, Juan, que ya nos llama.

—¿Ya está cerca el mar?

—Nunca se sabe. Su olor puede adelantarse muchas jornadas. Pero sí, estamos cerca. Aunque, espera a oír su sonido. Te va a encantar.

El abuelo amaneció en el bolsillo de Juan. Dijo que se había introducido en él porque había sentido frío. A partir de entonces, viajó así. Juan llevaba a su abuelo dentro del bolsillo. Recordaba la noche en que Jerónima lo cosió y se preguntaba si sus tías, efectivamente, sabían que aquello sucedería o si, por el contrario, era algo inexplicable e imposible de prever. Comenzaba a tener la impresión de que aquel viaje ya estaba escrito en alguna parte y que los demás sabían algo que él ignoraba. Se detuvo. Miró a su alrededor. Nadie. Estaba solo. Llevaba tantos días caminando detrás de su abuelo, tantos junto a su paso, siguiendo sus huellas, esperando que apareciera después de sus múltiples fugas, que ahora que el abuelo se empeñaba en dormir, en dejarse llevar, le resultaba extraño que nadie le dirigiese. Comprendió que todo este tiempo había desconocido el destino de aquel viaje. Las pocas veces en que lo preguntó, le contestó que había que llegar al mar. Y hacia allí se encaminaban, pero, si de él dependiera, igualmente podrían ir hacia cualquier otro lugar. Lo que a él le impulsaba era acompañar a su abuelo, daba igual donde fuese. Por supuesto que deseaba ver el mar, contemplar el prodigio que se suponía que era, pero anhelaba mucho más aún que aquel viaje no finalizase. Y ahora, cuando miraba dormir a su abuelo, abandonado a sus pasos, dando por hecho que su nieto adivinaría la ruta y le llevaría al mar, sentía la tentación de parar, de cambiar el rumbo, de alargar lo más posible aquel viaje, de volver a casa.

Como si sus dudas tomaran forma, apareció una densa niebla. Pronto no vio más allá de los árboles que le precedían. Se alzaban irreales, mostrando sus copas directamente desde el aire. Algunas ramas

surgían solitarias como miembros mutilados co[n] vida propia. La niebla creaba figuras a su alrededor. Oyó un movimiento a sus espaldas que le alertó. Provenía de lo alto. Algo se ocultaba tras la niebla. Sintiéndose acechado, pensó despertar a su abuelo. Entonces aquel ser se mostró en una de las ramas. Era el cuervo blanco. El mismo que meses atrás se posara en su ventana. Ambos se miraron. Juan supo perfectamente por qué estaba allí. Como la vez anterior, le había elegido a él para mostrarle el camino. Alzó el vuelo y se perdió en la niebla. Juan metió una mano en el zurrón. Junto a las figurillas de madera, aún conservaba la pluma. Comenzó a caminar. Al tercer paso, ya tenía la certeza de que llegaría al mar.

1

EL MAR

El rumbo que había marcado el cuervo con su vuelo recuperaba el río abandonado días atrás. Aunque decidido a seguir su curso, eliminó en su interior la urgencia. Permitiría que los días mostraran su beneficio. Las aguas bajaban cada vez más caudalosas y el calor primaveral invitaba al baño y al solaz. Volvió a pescar. Su destreza como pescador había aumentado notablemente y obtenía las capturas con facilidad. Por la mañana, dedicaba el tiempo a bañarse en las numerosas pozas que amansaban el agua, a descubrir nidos cerca de la ribera y a explorar las grutas que parecían descolgarse de los peñascales.

Martín, por su parte, se ocupaba de recolectar _
hierbas para cocinar el pescado. Admirado por lo
descubrimientos que le permitía su nuevo tamaño,
prometió a Juan que jamás repetiría una receta.
Cada mañana, temprano, buscaba nuevos brotes
para cumplir su promesa. Solía importunar a las
lombrices, a los caracoles y a las libélulas. Vagaba
de un lugar a otro obsequiando a Juan con los cam-
bios en su vestuario. Sentía una predilección especial por las mudas y era frecuente verlo aparecer
con un traje fabricado con corazas de escarabajo, la
piel de una culebra o las plumas doradas de una
oropéndola.

Por las tardes, todo se volvía sosiego. Abuelo y
nieto aprovechaban los rayos de sol en cualquier
piedra anclada en mitad del río. Juan tallaba nuevas
figuras que incorporaba a la familia, como las deno-
minaba Martín. La mayoría nacían a petición suya:
una pipa que pudiera utilizar, una tortuga llamada
Índica; «Una caracola, Juan, que pueda oírla cantar
desde dentro», y por supuesto, a sus amigos. El
abuelo quería que Juan reprodujese en madera a
Orácula, Jacinto, Cristobalina, Ling-Po…

—¿Quién es ése, abuelo?

—El mejor constructor de cometas que he cono-
cido. Las más maravillosas que puedas imaginarte, de
todos los tamaños y colores. «Cada viento necesita

a cometa», suele decir. Y él las vuela mejor que nadie. Yo, amigo mío, he visto a Ling-Po declarar su amor en el aire, con una cometa que cambiaba de color según el viento, capaz de llevar pétalos de flores blancas y una vez en lo alto dejarlos «llover» sobre los hombros de su amada. Y no contento con eso, inventó la cometa fragante, aquella que planea sobre las rosaledas silvestres, recogiendo sus aromas y que luego desprende en cada giro. Ling-Po no sólo es el mejor constructor y volador de cometas, también es el amante más audaz que hay sobre la tierra.

Y Juan, espoleado, se lanzaba sobre la madera dispuesto a esculpir un rostro digno de las palabras de su abuelo. El resultado siempre era del agrado de Martín, que alababa las dotes de su nieto una y otra vez.

—Pero, Ling, ¡cuánto tiempo sin verte! Lo has clavado, Juan, y eso que no le conocías…

Más adelante, la profusa vegetación de la ribera hizo que se desviaran hasta encontrar los prados. El abuelo permanecía silencioso en el bolsillo. Acompasado por el caminar de Juan, dormía durante las horas de marcha y solamente se dejaba oír con alguna canción tardía.

Una noche calma que miraban las estrellas, el viento comenzó a soplar muy suavemente. Traía un

rumor indescriptible. Juan, absorto en el firmame[
to, tardó en comprender que estaban oyendo el mar.

—Mañana lo veremos, Juan, mañana.

Al amanecer, su abuelo le estaba esperando para
emprender el camino. Más rápido de lo que pudieron pensar, el terreno cambió y las hierbas silvestres
dieron paso a las rocas. El rumor crecía y Juan notaba cómo su corazón latía con fuerza. Una pequeña
hondonada precedía al acantilado.

Después, el mar invadió sus ojos. Cautivado desde la primera impresión, Juan creyó que era la cosa
más bella que había visto nunca. Contemplaron largamente las espumas que estallaban contra las rocas, la extensión interminable de los azules, el respirar oculto de las aguas.

Descendieron por una vereda que se abría paso
entre los escarpes. Una pequeña cala serenaba la
batida del mar.

—Me gustaría bañarme —dijo Martín.

Y lanzó sus pequeños pasos por la arena caliente.

Juan cogió a su abuelo y lo acercó a la orilla.
Juntó sus manos como una barrera para protegerle
de las olas.

—Está fresquita, Juan, muchas gracias.

Igual que un azucarillo, el abuelo se diluyó entre las
aguas y desapareció. Las manos de Juan se quedaron

vacías. En vano, buscaron el
tre la espuma de la orilla. Des
sus manos aún permanecían ten
imploraran al mar que lo devolvi
ban sus huellas menudas sobre la
en el mar. Partían desde el zurrón,
albergaba su figura sonriente y que
abrazaba con lágrimas.

El graznido de una gaviota le hizo
Solitaria, volaba mar adentro. A Juan le re
cuervo blanco. Recogió las figuras y comenzó
nar. En lo alto del acantilado se detuvo para
una vez más. Por unos momentos, cruzó fugaz el
pensamiento el deseo de arrojarse. Su voz interior
hizo desistir al instante.

—De eso nada, jovencito. Aquí cada cual debe
seguir su camino.

Sonrió. Sabía que tenía por delante un largo viaje.

vacías. En vano, buscaron el cuerpo del abuelo entre la espuma de la orilla. Después de un tiempo, sus manos aún permanecían temblorosas, como si imploraran al mar que lo devolviese. Atrás quedaban sus huellas menudas sobre la arena entrando en el mar. Partían desde el zurrón, el mismo que albergaba su figura sonriente y que Juan, ahora, abrazaba con lágrimas.

El graznido de una gaviota le hizo despertar. Solitaria, volaba mar adentro. A Juan le recordó el cuervo blanco. Recogió las figuras y comenzó a caminar. En lo alto del acantilado se detuvo para mirar una vez más. Por unos momentos, cruzó fugaz en su pensamiento el deseo de arrojarse. Su voz interior le hizo desistir al instante.

—De eso nada, jovencito. Aquí cada cual debe seguir su camino.

Sonrió. Sabía que tenía por delante un largo viaje.

rumor indescriptible. Juan, absorto en el firmamento, tardó en comprender que estaban oyendo el mar.

—Mañana lo veremos, Juan, mañana.

Al amanecer, su abuelo le estaba esperando para emprender el camino. Más rápido de lo que pudieron pensar, el terreno cambió y las hierbas silvestres dieron paso a las rocas. El rumor crecía y Juan notaba cómo su corazón latía con fuerza. Una pequeña hondonada precedía al acantilado.

Después, el mar invadió sus ojos. Cautivado desde la primera impresión, Juan creyó que era la cosa más bella que había visto nunca. Contemplaron largamente las espumas que estallaban contra las rocas, la extensión interminable de los azules, el respirar oculto de las aguas.

Descendieron por una vereda que se abría paso entre los escarpes. Una pequeña cala serenaba la batida del mar.

—Me gustaría bañarme —dijo Martín.

Y lanzó sus pequeños pasos por la arena caliente.

Juan cogió a su abuelo y lo acercó a la orilla. Juntó sus manos como una barrera para protegerle de las olas.

—Está fresquita, Juan, muchas gracias.

Igual que un azucarillo, el abuelo se diluyó entre las aguas y desapareció. Las manos de Juan se quedaron su cometa», suele decir. Y él las vuela mejor que nadie. Yo, amigo mío, he visto a Ling-Po declarar su amor en el aire, con una cometa que cambiaba de color según el viento, capaz de llevar pétalos de flores blancas y una vez en lo alto dejarlos «llover» sobre los hombros de su amada. Y no contento con eso, inventó la cometa fragante, aquella que planea sobre las rosaledas silvestres, recogiendo sus aromas y que luego desprende en cada giro. Ling-Po no sólo es el mejor constructor y volador de cometas, también es el amante más audaz que hay sobre la tierra.

Y Juan, espoleado, se lanzaba sobre la madera dispuesto a esculpir un rostro digno de las palabras de su abuelo. El resultado siempre era del agrado de Martín, que alababa las dotes de su nieto una y otra vez.

—Pero, Ling, ¡cuánto tiempo sin verte! Lo has clavado, Juan, y eso que no le conocías...

Más adelante, la profusa vegetación de la ribera hizo que se desviaran hasta encontrar los prados. El abuelo permanecía silencioso en el bolsillo. Acompasado por el caminar de Juan, dormía durante las horas de marcha y solamente se dejaba oír con alguna canción tardía.

Una noche calma que miraban las estrellas, el viento comenzó a soplar muy suavemente. Traía un

ÍNDICE